Ver PASAR
LOS PATOS

VER PASAR LOS PATOS

Castillo de la lectura

Dirección editorial: Antonio Moreno Paniagua
Gerencia editorial: Wilebaldo Nava Reyes
Coordinación de la colección: Karen Coeman
Cuidado de la edición: Pilar Armida y Obsidiana Granados
Supervisión de arte: Alejandro Torres
Diseño de portada: Gil G. Reyes
Formación: Zapfiro Design
Caligrafía: Norma Soto
Ilustraciones: David Lara

Ver pasar los patos

Texto D.R. © 2008, Antonio Malpica Maury

Primera edición: febrero de 2008
Tercera reimpresión: julio de 2010
D.R. © 2008, Ediciones Castillo, S.A. de C.V.
Insurgentes Sur 1886, Col. Florida,
Del. Álvaro Obregón,
C.P. 01030, México, D.F.

**Ediciones Castillo forma parte
del Grupo Macmillan**

**www.grupomacmillan.com
www.edicionescastillo.com
infocastillo@grupomacmillan.com
Lada sin costo: 01 800 536 1777**

Miembro de la Cámara Nacional
de la Industria Editorial Mexicana.
Registro núm. 3304

ISBN: 978-970-20-0981-8

Impreso en México/*Printed in Mexico*

Para doña Olguita y don Alfonso, que nacieron
un año antes que Pepino y conocieron el mismo México que él.

Para la señora que hace ranas cantoras en La Paz,
que me contó cómo la mandaban a ver pasar los patos en Saltillo.

Para Súper Fiscal, que fue niño de barrio capitalino.

Para B. D. y demás gentiles fantasmas, que me prestaron
su memoria para poder contar estas andanzas.

Para Villa y Sandokan.

LE PINTÉ A QUICO LA CARA DE AZUL Y
ESO ESTÁ MAL HECHO.

LE PINTÉ A QUICO LA CARA DE AZUL Y
ESO ESTÁ MAL HECHO.

LE PINTÉ A QUICO LA CARA DE AZUL
Y ESO ESTÁ MAL HECHO.

LE PINTÉ A QUICO LA CARA DE AZUL Y
ESO ESTÁ MAL HECHO.

LE PINTÉ A QUICO LA CARA DE AZUL Y
ESO ESTÁ MAL HECHO.

LE PINTÉ A QUICO LA CARA DE ZUL Y ESO
ESTÁ MALHEC.

LE PINTÉ A QUICO LCARA DE ZU YSO ES ML
HCHO.

LPNT LCRA A QCO RZUL YSO ESL HHO.

LP QCOLRZLYESHO.

La verdad es que no le veo ninguna gracia a que mi papá me haya dado esta libreta nada más para que apunte en una hoja, por los dos lados, todo lo que hago mal para ver si así aprendo. Y menos gracia le veo porque nunca me revisa las planas ni nada. Cuando hago algo mal, me dice: "¡Pepino! ¡Qué hiciste! ¡Responde!". Y yo tengo que contestar: "Le pinté la cara de azul a Quico, papá, pero es que...". Y hasta ahí llega la cosa, porque él nunca me deja explicarle, nada más dice: "¡Dos planas! ¡A ver si así aprendes!". Y yo tengo que encerrarme en mi cuarto, como ahorita, a escribir en una hoja por los dos lados lo que hice mal, a ver si así aprendo. De todos modos, es mejor que me castigue mi papá a que lo haga mi mamá porque ella no te castiga ni nada, ella va y te da un jalón de pelos o una nalgada rápida como el rayo, que no ves pero sí que la sientes, o te da un coscorrón que te duele hasta el otro día. Lo bueno es que su castigo pasa pronto aunque duela; en cambio, las planas de mi papá a veces me llevan hasta dos horas. Siquiera que me deja hacerlas con lápiz porque, si no, estar mojando la pluma en el tintero que a cada rato se...

LE PINTÉ A QUICO LA CARA DE AZUL Y

¡Tornillos y catrinas! Creí que mi papá venía, pero no. Es Felipe, que ya ves que es mi hermano, tiene 16 años y dormimos en el mismo cuarto. "¿Qué haces, Pepino?", me acaba de decir y yo le...

Me arrebató la libreta porque no le contesté. Y luego me dijo "No seas tonto", cuando vio que estaba escribiendo todo esto con mi lápiz y que hasta copié en mi libreta "¿Qué haces, Pepino?" cuando me preguntó "¿Qué haces, Pepino?", pero no importa porque sé que no va a (¿cómo se dice cuando alguien te acusa, pero mejor? Ah, sí:) delatarme. Sé que Felipe no va a delatarme con mi papá porque no es ningún traidor como el Flaco, de quien ya te contaré la vez que en el colegio a la ho...

Felipe volvió a quitarme la libreta y me preguntó que a quién le platico todo esto como si fuera una carta, y le dije que ni sé, pero es menos aburrido que poner, una y otra vez, que le pinté la cara de azul a Quico, que ni que fuera para tanto, porque íbamos a jugar al Tigre de la Malasia y él iba a ser un aborigen malayo muy feroz, con pintura de guerra en la cara. Además, mi hermano Quico ni se queja porque ya ves que tiene dos años, casi ni habla y menos si tiene algún juguete metido en la boca. Lo malo fue que mi papá dejó de leer su periódico, volteó a ver a Quico y, bueno, por eso me mandó a escribir mi maldad en esta libreta, que ni es maldad, porque Quico hasta se reía mientras yo lo pintaba. Que conste.

Ahora Felipe se puso a hacer sus ejercicios y sus sentadillas porque ya ves que entrena para ser boxeador y me ha llevado a verlo practicar en Pescaditos, que es el nombre de los baños en donde entrena. Ahí le di la mano a Mike Febles. ¡De mofletes! Si lo vieras de cerca, qué grande y forzudo es (conste que escribí bien "forzudo", y no "fuerzudo", porque una vez ya nos corrigió el padre Mier cuando nos oyó pelearnos en el recreo a mí y al Jijo para ver quién era más "fuerzudo", y claro que yo gané). Y es que yo ya había visto a Mike Febles en el Granat, pero no es lo mismo verlo en el *ring*, que de cerquita, claro que no.

Pero mejor te cuento que hoy, en la tarde, el Flaco me dejó hablar por teléfono con su mamá, ahí en su casa. Es bien chistoso. Su mamá estaba en la casa de su hermana, del otro lado de San Juan de Letrán, y te juro que se oía bien clarito, como si estuviera en el otro cuarto. "¿Quieres hablar con Pepino, mamá?", le preguntó el Flaco. Y me pasó ese tubito por donde se escucha y que oigo a la señora decir: "Hola, Pepino. ¿A qué juegan tú y Eduardo?". (Eduardo es el Flaco, pero sólo su mamá le dice así. Bueno, ella y los padres del colegio.) Así que la señora me habló. Parecía cosa de magia. Y yo le respondí, poniendo mi boca en el otro tubito: "Jugábamos al Tigre de la Malasia, señora", aunque esto era una mentira, porque al Flaco no le gusta ser Yáñez, siempre quiere ser Sandokan. Y la verdad es que yo también siempre quiero ser Sandokan. Así que, como no nos poníamos de acuerdo, no estábamos jugando a nada, más bien nos estábamos peleando. Entonces sonó el teléfono, el Flaco contestó y me dejó hablar con su mamá. Y luego me vine para la casa y quise jugar con Quico; por eso le pinté la cara de azul, y lo demás... ya te lo sabes.

Y como yo creo que si ahorita salgo de mi cuarto con cara de arrepentido, mi papá va a creer que, en vez de estar contándote estas cosas, estuve repitiendo mil veces que le pinté la cara de azul a Quico, ya no va a decirme nada. Porque, como te digo, mi papá nunca me revisa mis planas ni nada.

Además, ya pasan de las ocho, y mi abuelita ya empezó a hacer las tortillas de harina y voy a ver si me regala una porque, la verdad, ya me dio hambre.

Ahora no me mandó mi papá a escribir en mi libreta, pero me dieron ganas de contarte que hoy Quique Sancochón y yo estábamos en la plaza jugando rentoy cuando Ordiales llegó a contarnos que el jefe de la Banda del Automóvil Gris vive en San Miguel. Se lo contó su papá. Así como te lo digo. El mero jefe de la Banda en nuestro propio barrio. Y si no lo sabes, te cuento que la Banda del Automóvil Gris era un grupo de asaltantes que, el año pasado, tenía espantada a toda la Ciudad de México. Porque cuentan que eran unos (¿cómo se dice cuando alguien no se tienta el corazón para hacer daño? Ah, sí:) despiadados, y que se metían a robar en las casas y dejaban a la gente sin nada o, como quien dice, en los puros calzones. Bueno, esto último nunca salió en los periódicos, pero así dice mi abuelita y, la verdad, se oye bien chistoso, por eso lo pongo aquí. Se supone entonces que esa banda siempre andaba en un Fiat gris, aterrorizando a toda la ciudad, por eso le pusieron ese nombre. Pero también déjame contarte que, el año pasado, los apresaron a todos menos al mero jefe de la Banda que, dicen, es muy hábil porque ya se había escapado alguna vez de la cárcel de Belén. Y sí debe de ser muy hábil, porque ya ves que los agarraron a todos menos a él, que sigue prófugo y en libertad y nadie sabe dónde anda.

Entonces, como de rayo, Quique Sancochón le dijo a Ordiales que había que avisar a los gendarmes. Y Ordiales se puso rojo (porque Ordiales, que es un niño gordo y rubio, se pone rojo por todo), y le dijo a Quique Sancochón que estaba bien, pero que él no iba porque a él le daba pena. Bueno, yo creo que a todos los niños nos dan pena algunas cosas, pero a Ordiales todo le da pena. En cambio, pasa lo contrario con Quique Sancochón. A ése nada le da pena. Y es que no va al colegio ni nada y vive en una pulquería de la Calle de las Ratas, la que se llama El Dos de Oros, con don Julián, que no es su papá ni nada, pero lo cuida y fue quien le puso Sancochón por su pelo sancochado, como quien dice, güero y castaño.

Mi papá dice que Quique Sancochón es un bueno para nada. Y mi mamá, lo mismo, aunque ella opina que tiene buen corazón. A mí se me hace que lo dice porque a Quique Sancochón siempre lo ves de acólito ayudándole al padre Raña en las misas de Regina. Pero voy a contarte una cosa: don Julián, el dueño de El Dos de Oros, que es como su papá, antes, cuando se portaba mal, siempre lo mandaba de castigo a ayudarle al padre Raña. Y como Quique Sancochón siempre se portaba mal, mejor le dejó el castigo de fijo. Ahora, cuando se porta mal, pero de veras muy muy mal, lo manda a barrer y a limpiar toda la iglesia, y como esto a veces le lleva tanto tiempo, porque ya ves que está bien grandota, hasta se queda a dormir adentro de la iglesia y todo.

A lo mejor Quique Sancochón sí es un bueno para nada, como dice mi papá (aunque sí sabe leer, escribir y hacer cuentas, que conste), pero es amigo de todos los que sí vamos al colegio, porque sabe hacer otras muchas cosas que nosotros no y, como quien dice, lo admiramos por eso. Por ejemplo, es el único que se ha peleado con todos los niños del barrio de la Merced y los del barrio de la Soledad y les ha ganado a todos. También se sabe un montón de trucos con la baraja y nos enseñó a jugar póquer y rentoy. Y se sabe completa la poesía *El Ánima de Sayula*, que es una bien grosera y bien larga y que no te recomiendo repetirla enfrente de tus papás, porque seguro que te ganas que te laven la boca con jabón como a mí me pasó un día que se me salió una palabrota bien fuerte que empieza con *ch*.

Según mi mamá, no es culpa de Quique ser así porque siempre ha vivido en El Dos de Oros y no ha tenido mamá. Además, ya ves que a las pulquerías van puros borrachos. Entonces mi mamá dice que, como se ha educado entre puros beodos (que es lo mismo que borrachos), ese escuincle es una calamidad. (Esa palabra sí es mía, se la aprendí a Felipe, que a veces le dice así a su amigo el Pollo, "calamidad".)

Pero te estaba contando que Quique Sancochón le dijo a Ordiales que no se preocupara, que él iba a decirle a Pacheco (el gendarme que cuida todas las calles de San Miguel) para que estuviera bien atento, porque el jefe de la Banda vive en nuestro barrio.

La verdad es que fue muy difícil decirle a Pacheco. Cuando fuimos a contarle, estaba peleándose con Martinete, que es uno de los locos de la plaza. Porque en la plaza de Regina tenemos a dos locos: Martinete y la Bruja. A Martinete siempre lo ves queriendo sacar a bailar a la gente, como si oyera música en su cabeza descompuesta. Todo el tiempo se está riendo de nada y a veces platica con los árboles. Por eso, los chicos lo molestamos siempre que podemos, lo toreamos o le quitamos su sombrero de copa para que nos persiga. Es muy divertido. En cambio, a la Bruja, que huele horrible y siempre anda acompañada de muchos perros, siempre la ves hablando por lo bajo, y si te le quedas viendo mucho rato, dicen que te roba el alma y se la regala al diablo. Según el Ratón Mendalde, los perros que la acompañan son niños convertidos en canes para ser sus sirvientes para siempre y por toda la eternidad. Yo no sé pero, por si las moscas, nadie se mete con ella. Y también duerme en la plaza, a un lado de la iglesia. Dice mi papá que el año pasado los doctores abrieron las puertas de La Castañeda, que es el manicomio de la ciudad, porque les dio miedo que los revolucionarios fueran a matar a los locos si los encontraban ahí, así que dejaron salir a todos y, claro, la ciudad se llenó de locos. Y en San Miguel nos tocaron dos, que son los que ya te conté.

Pero te decía que Pacheco le estaba dando con la porra a Martinete, porque lo encontró tapando algo con su sombrero y no lo dejaba ver.

Y te voy a poner lo que se dijeron con rayitas como aparece en mi libro *El Tigre de la Malasia* cuando hablan los personajes, porque si no, es bien cansado platicarte.

—¡Daca lo que tienes ahí, Martinete! ¿De dónde te lo robaste? —decía Pacheco.

—¡Vaya a buscar algún pillo y no moleste a las buenas personas, sargento de pacotilla! —le contestaba Martinete.

—¡Muestra lo que tienes ahí!

—¡No le incumbe, sargento de pacotilla!

Total que, para no hacerte el cuento cansado, Martinete no podía evitar los porrazos y, al mismo tiempo, cubrir su sombrero. Así que, en una de ésas, tuvo que dejarlo caer. Y Quique Sancochón, que para eso se pinta solo, lo capturó en el aire. El gendarme dejó de darle porrazos a Martinete y se acercó a nosotros. ¡De mofletes! Era un bebé gorrión que chillaba bien quedito.

—¡Dejen a Sigüenza y Góngora, bribones descarados!

—¿A quién?

—A mi amigo, Sigüenza y Góngora.

Te digo que está loco. Quién le pone un nombre tan feo a un gorrión pequeñito. Como de rayo se hizo la bola. Todos los chicos de la plaza querían tocar a Sigüenza y Góngora. Pero en cuanto Pacheco vio que no era ningún botín que Martinete se hubiera robado, nos quitó el sombrero y se lo devolvió a su dueño, con todo y pajarito.

—Deberías buscar el nido del que se cayó ese polluelo, Martinete.

—Es mi amigo, no diga boberías.

—Bueno, entonces cuídalo bien.

—Lo haría si usted no molestara tanto, sargento de pacotilla.

La verdad, me dio envidia. Yo creo que a todos. Porque tener un pajarito así de chiquito y poder abrazarlo con tus manos debe ser muy bonito. Por eso, cuando regresé a mi casa, se me ocurrió sacar el cotorro de mi abuelita de su jaula, pero fue muy mala idea porque Ciriaco, que así se llama el loro gruñón, no quería salirse y me tiraba unos picotazos que, si me hubiera alcanzado, te juro que me habría cortado uno o más dedos.

Me puse a escribir nada más para ya no seguir llorando, porque mi mamá nos pegó a Quico y a mí.
Y es que, la verdad, sí nos portamos muy mal, pero
ella tiene la culpa. O yo digo que es su culpa porque
ya eran las cuatro de la tarde y no llegaban ni ella
ni mi abuelita de hacer el mandado. Y Quico y yo ya
nos estábamos muriendo de hambre. Entonces a mí
se me ocurrió que nosotros solos podíamos hacer-
nos de comer. Entonces le pregunté a Quico que qué
quería comer. Y le di varias opciones. Tanto él como
yo acordamos que la mejor opción era un invento
mío, que es una tableta de chocolate con miel y azúcar encima. Bueno, él no dijo nada, pero en su cara
se notaba que estaba de acuerdo con mi sugerencia.
Lo único malo fue que las tabletas de chocolate, la
miel y esas cosas, mi mamá las pone bien alto, en

un bote de una repisa de la cocina. Y para llegar a él, tienes que treparte a una escalerita. Pero que conste que teníamos hambre y ya era bien tarde.

Entonces arrastramos la escalerita y la apoyamos contra las tablitas de la cocina. Y como Quico no quería subirse, tuve que hacerlo yo. Todo iba muy bien hasta que la escalera empezó a resbalarse y yo tuve que agarrarme de la repisa. ¡Tornillos y catrinas! Las cosas salieron catapultadas. ¡El azúcar, los frijoles, las lentejas! ¡Todo se cayó y quedó regado en el suelo!

Y claro, Quico, que es un llorón, se puso a llorar como de rayo. Sólo se contentó cuando encontró las tabletas de chocolate en el piso. Por suerte, yo no me maté ni nada. Y como la verdad ya tenía mucha hambre, me bajé de la escalera y también agarré un chocolate, aunque no le puse ni miel ni nada encima. ¡Qué rico me supo!

Entonces llegaron mi mamá y mi abuelita. Quico se puso a llorar otra vez y eso que mi mamá todavía ni decía nada.

—¡Jesús mil veces! —dijo mi abuelita. Siempre que se espanta dice lo mismo.

—¡Pepino, espera a que te agarre! —fue todo lo que dijo mi mamá.

De nada me sirvió decirle que nos estábamos muriendo de hambre. Me persiguió por toda la casa para darme mis nalgadas y, como no me alcanzaba, en cuanto pude, me escapé a la calle.

Y ya ves que nosotros vivimos en una vecindad de dos pisos en el Callejón de Galeras. Mi papá dice que es "de plato y taza", porque es como si la parte de abajo fuera el plato, y la de arriba, la taza. Mi familia y yo vivimos en el piso de arriba, es decir, en la taza. Y es más mofletes vivir arriba porque ves más lejos cuando te paras en el balcón. Lo malo es cuando te le quieres esconder a tu mamá, porque ella también puede pararse en el balcón y ver más lejos. En cuanto salí de la vecindad, me gritó:

—¡Vas a ver cuando vuelvas, escuincle descarado! —me gritó.

Y yo me detuve a media calle y le grité también:

—¡No voy a volver! ¡Me voy para siempre con mi General Villa! —y eché a correr en dirección a Estampa de Regina, a la plaza.

Siempre que me escapo de una tunda de mi mamá, le digo lo mismo: que me voy a ir a la Revolución con mi General Villa, pero la verdad nunca hago nada. Y es que tú no lo sabes, pero yo conozco a mi General Villa. Cuando estuvo aquí en la ciudad, hace como dos años, lo conocí. Estábamos Felipe, el Pollo y yo en la calle de Moneda, cuando Pancho Villa y Emiliano Zapata aparecieron en sus caballos, seguidos de sus soldados. Había un montón de gente viendo el desfile y por eso el Pollo, que es grande y gordo, me subió en sus hombros. Me acuerdo que los dos bigotones desmontaron porque iban a entrar al Palacio Nacional. Entonces Felipe se animó a gritar "¡Viva Villa!". Eso bastó para que el General volteara a vernos. Yo también grité "¡Viva Villa!" y te juro que el General se nos acercó, me pasó la mano por el pelo, y dijo "Quihúbole, muchachos", y siguió su camino al lado de Zapata. Te lo juro.

Por eso sé que si me voy a la Revolución con él, va a acordarse de mí. Y por eso siempre que mi mamá me hace correr a la calle, le digo que me voy a ir al norte con mi General Villa, porque sé que ella sabe que nada más es cosa de que me decida y ya, como Pascual Pereda y otros.

Así que te contaba que me eché a correr y, como casi siempre que amenazo con irme al norte para unirme a la Revolución con mi General Villa, acabé enfrente de Tampico News, que es una tienda en la que venden pistolas, porque sé que si me voy a la Revolución, primero tengo que conseguir una pistola. Mi papá dice que eso no es cosa de juego, porque ya ves que mi primo Lucindo se unió a la Revolución cuando mataron al presidente Madero y a Pino Suárez, y desde entonces, no ha vuelto. Pero yo nunca he tenido miedo. Nada más es cosa de que me consiga una pistola, me decida y ya.

—¿Qué hay, Pepino? ¿Te volvió a hacer enojar tu mamá? —me preguntó el señor Fregoso, el dueño de Tampico News, que fumaba su puro recargado en la puerta.

—Sí. Por eso me voy a ir al norte con mi General Villa.

—Me parece bien.

—Estoy muy decidido.

—Sí. Se te ve, Pepino. Se te ve.

—Y cuando termine la Revolución, me voy a ir por el mundo y no pienso regresar nunca nunca.

—Harás bien.

—Voy a hacerme pirata. Y después seré rico. Muy rico.

—Me da gusto, Pepino.

—Y aunque mi mamá me escriba todos los días y me mande telegramas y me hable por teléfono y me pida perdón llorando, no voy a regresar nunca nunca.

—De acuerdo. ¿Quieres una golosina?

La verdad es que todavía tenía hambre. Y no puede iniciarse una aventura de muchos años con el estómago vacío. El señor Fregoso me regaló dos dulces de leche, que devoré y me supieron riquísimos. Enfrente de nosotros se paró un organillero y empezó a tocar una canción muy triste. Eso me hizo pensar que mi mamá iba a sufrir muchísimo si yo me iba al norte, pobrecita de ella. La verdad no soy tan (¿cómo se dice?) infame.

—¿Sabe, señor Fregoso?

—¿Qué pasa, Pepino?

—Que ya lo pensé bien y voy a perdonar a mi mamá.

—Es lo mejor, Pepino. Dale otra oportunidad.

—Bueno. Si usted lo dice. ¿Me regala otro dulce?

Además te confieso que vi al padre Raña caminando a lo largo de la calle y sabía que si me veía en Tampico News, iba a llevarme a mi casa de una oreja. Me eché a correr a mi casa de Callejón de Galeras de plato y taza, y lo demás ya te lo sabes. En cuanto llegué, mi mamá me dio de comer sin decir una palabra. Yo creí que estaba arrepentida y por eso no decía nada de nada. Qué va. En cuanto terminé, se arremangó, me pescó de la camisa y me dio todas esas nalgadas que le había quedado debiendo, que me hicieron volver a llorar y por las cuales te estoy contando todo esto.

Mi valiente Giro-Batol:

Según Felipe esto que estoy escribiendo es como un diario. Y que a los diarios se les pone una fecha arriba o que se puede uno inventar el nombre de un amigo y escribirle como si fuera una carta. O hasta hablar con uno mismo. Lo que a mí me parece más mofletes es eso del amigo. Y qué mejor nombre para un amigo que uno de pirata malayo. ¿O no? Además, eso de "querido" o "estimado" no va entre piratas. Por eso te pongo "Mi valiente Giro-Batol".

Déjame contarte que hoy conocí a una niña a la que, si no fuera porque es niña, ya le habría roto toda la carota porque mira cómo me dejó el cabello con la trompada que se estaba comiendo. Te cuento que estábamos el Flaco, el Jijo y yo jugando a las canicas en la plaza, cuando llegó esta niña que nadie conocía y, sin que nadie la invitara, que me toca el hombro.

—A que te gano a las carreras —me dijo.

Yo lo que hice fue (¿cómo se dice? Ah, sí:) ignorarla porque se me hizo una pesadota. Además, yo estaba a punto de ganarle un ágata preciosísima al Flaco. Pero la niña no se quedó contenta con mi ignorancia y volvió a tocarme el hombro.

—Tú. A que te gano a las carreras.

—Claro que no —le dije, para que dejara de molestar.

—A que sí, a que te gano.

—Si quisiera, te ganaría, pero no se me da la gana.

—Te da miedo.

—No me da miedo, pero no se me da la gana.

En eso, intenté hacer mi tiro, pero me salió chueco y perdí.

—Vete, niña. Ya perdí por tu culpa.

—Mira. Te gano a las carreras bien fácil.

Y en cuanto dijo eso, se echó a correr por toda la plaza. Atravesó desde la iglesia hasta el hospital y de regreso. Pero la verdad ni corría tan fuerte.

—¿Ves? Sí te gano a las carreras —dijo, jalando aire y recargándose en sus rodillas huesudas.

—Claro que no.

—Claro que sí.

—Claro que no.

Tenía un vestido azul todo cochino, unas calcetas todas desguanzadas, y el pelo amarrado atrás con una cinta. Y me cayó bien pesada aunque tuviera el cabello rubio como el de Lady Mariana, la niña de mis sueños que estudia en el Colegio Francés de Señoritas y con quien me voy a casar algún día.

—Bueno, demuéstrale, Pepino —dijo entonces el Jijo.

—Sí, demuéstrale, Pepino —me animó también el Flaco.

Miré a la niña como si no valiera la pena. Y dije:

—No vale la pena.

—Tienes miedo —volvió a decir ella.

—Claro que no, pero no vale la pena.

Entonces salió de la iglesia Quique Sancochón. Estaba vestido de acólito porque había tenido que acompañar al padre Raña a darle los santos óleos a un enfermo que a la mera hora ni se murió. Iba mascando una caña. Mordía y escupía. Mordía y escupía. Y se daba su paquetote lanzando al aire los dos centavos que le pagaba el padre a veces, cuando estaba de buenas.

—¿Qué pasa aquí? —preguntó, sin dejar de mascar su caña.

—Este niño no quiere echar carreras conmigo —contestó la niña.

—¿Por qué, Pepino? ¿Te da miedo?

—¡Claro que no me da miedo!

Nos pusimos en posición y el Jijo contó hasta tres. Era correr toda la iglesia y el hospital hasta Alfaro y de regreso a Estampa de Regina. Pero por más rápido que corrí, no pude ganarle a la niña. Ésa es la verdad.

—¿Ves? Te dije que te iba a ganar.

Me tiré en el pastito porque, la verdad, me cansé un montón.

—Te dejé ganar —dije, aunque no fuera cierto. Había corrido tan fuerte que creí que vomitaría el corazón. Y ni así pude ganarle.

—Mentiroso —insistió ella.

—Te dejé ganar. Flaco, ¿verdad que la dejé ganar?

—Si tú lo dices, Pepino.

La niña se escupió las manos y, poniendo el codo derecho sobre la banca más cercana, dijo:

—Te echo unas vencidas.

Todos se me quedaron viendo. Y ya estaban ahí también Ordiales, el Pecas, Martinete y hasta Begoñita, una de las hermanas del Jijo. Ya ves que antes me gustaba ella y hasta una vez le regalé un trompo y una cartita. Pero eso fue hace mucho y, la verdad, me dejó de gustar porque después de darle la cartita, cada vez que me veía, decía "¡Chocha!", lo cual creo que es como una grosería porque hacía cara de asco y se daba la vuelta.

Pero bueno, esto te lo platico para que veas por qué no pude negarme a echar vencidas con esa niña.

—¿Para qué, si te gano? —le dije a la muy bravucona.

—Pues demuéstralo.

—No quiero.

—Te da miedo.

—Que no.

—Yo creo que sí te da miedo —dijo Begoñita.

¡Tornillos y catrinas! Nos pusimos en posición de vencidas y te juro que, aunque me recargué con las dos manos y todo, ¡la niña me ganó otra vez!

—¡La hostia, Pepino! ¡Que te ha ganao una niña! —dijo el Jijo.

Si no hubiera estado tan cansado, lo habría estrangulado. Pero en ese momento, yo sólo quería que me dejaran morir solo tumbado en el pastito. Y casi se me cumple el deseo, porque entonces apareció la Bruja con sus docenas de perros.

—¡Aaaaah! ¡La Bruja! —gritó alguien, creo que Ordiales, y todos salieron corriendo de la plaza. Solamente una persona no se fue corriendo, para mi desgracia.

—¿Y tú tienes novia, Pepino? —me preguntó, mientras se sentaba a mi lado, en el pastito, y sacaba una trompada de una bolsa de su vestido. Le quitó todas las basuritas y las pelusitas que tenía pegadas, y se la metió a la boca.

—Qué te importa.

—Yo me llamo Luzcle.

—Qué bueno. Vete antes de que la Bruja te convierta en perro.

—¿Y sí tienes novia?

—Sí tengo y ya vete.

—No tienes.

—Sí tengo.

—No tienes. A ver, cómo se llama.

—Se llama Lady Mariana.

Se levantó de improviso y se sacó la trompada de la boca para decirme:

—¡Qué nombre tan feo! ¡Es el nombre más feo del mundo!

Luego me pegó con la trompada en la cabeza y ésta se me quedó bien pegada en el pelo. Por eso llevo todo este ratote, mientras te cuento, tratando de despegármela con la mano izquierda, porque si mi mamá me ve, es capaz de dejarme pelón para siempre y por toda la eternidad. Lo bueno fue que la Bruja no me convirtió en perro. Después de esto que te platico, la niña se fue corriendo y no volví a verla y qué bueno, porque me cayó tan pesada que, si la vuelvo a ver, soy capaz de romperle toda la carota.

Mi valiente Giro-Batol:

Te cuento que el Flaco, Quique Sancochón y yo fuimos hoy al cine con mi hermano Felipe y su amigo el Pollo. Vimos cuatro episodios de *La moneda rota*. Pero eso no es lo que iba a contarte. Te iba a contar que, cuando íbamos caminando por San Juan de Letrán, iba pasando un tranvía y Quique Sancochón que se echa a correr y que lo alcanza y que se pesca del barandalito. ¡De mofletes!

El Flaco y yo nos quedamos viendo a Quique Sancochón irse de mosca en el tranvía con unos ojos tan envidiosos que Felipe se dio cuenta como de rayo. Y es que, supuestamente, Felipe y el Pollo debían cuidarnos al Flaco y a mí, pero como a Quique Sancochón nadie lo cuida, siempre hace lo que se le da la gana. A veces pienso que debe ser mofletes no tener quien te regañe ni nada. Pero bueno, te decía que se nos veía la envidiota en la cara y Felipe, que iba compartiendo un cigarro con el Pollo, de repente lo avienta al suelo y nos dice al Flaco y a mí.

—¡A la de tres, muchachos! ¡Nos vamos en el que sigue!

Déjame contarte que al Flaco nunca lo dejan hacer nada en su casa. A lo mejor porque es hijo único o porque sólo vive con su mamá y con su nana Cande. Lo cierto es que lo cuidan tanto que, a veces, pienso que el pobre Flaco es de cristal y a su mamá le da miedo que se rompa. Por eso se le pintó una sonrisota en la cara que casi le da vuelta hasta la nuca, porque su mamá ni en sueños le hubiera dado permiso de treparse de mosca a un tranvía.

Entonces pasó un tranvía muy bonito, verde y amarillo. O a lo mejor yo lo vi así porque era la primera vez que iba a irme de mosca en un tranvía. Felipe contó hasta tres y nos echamos a correr. Felipe ayudó primero al Flaco a dar el brinco. Y luego a mí. En un ratito, los tres ya estábamos colgados del barandal. El Pollo ni siquiera corrió porque, como está bien grande y gordo, yo creo que sabía que hubiera tumbado el tranvía si se pesca de él. ¡De mofletes! ¡Los tres le dijimos adiós mientras nos alejábamos a toda velocidad colgados como changos!

—¡Bribones descarados! ¡Bájense o llamo a un gendarme! —gritó el maquinista.

El Flaco y yo nos miramos con preocupación porque, si nos llevaban a la cárcel, entonces nuestras mamás se enojarían tantísimo que sería preferible purgar una condena de 100 años en la más fea y oscura de las mazmorras, que caer en sus manos. Pero Felipe estaba como si nada.

—¡Si sólo es un cachito! ¡Nomás de aquí al cine! —le respondió.

El maquinista apenas giraba el cuello para vernos la cara.

—¿Y creen que puedo permitirle subirse sin pagar a cuanto vago se le ocurra?

Felipe ya no dijo nada. Hizo un cambio de mano que al Flaco y a mí nos pareció como de circo pues, con un gesto muy simpático, fingió que se caía. Nos arrancó varias carcajadas. Se ve que Felipe se va de mosca a cada rato y por eso es capaz de hacer malabares tan peligrosos. No sé qué le diría mi papá si un día lo viera. Ni llenando una libreta entera como ésta de planas lo dejaría en paz, yo creo.

—A la de tres, muchachos —dijo entonces—. En cuanto se detenga el trenecito, pegamos el brinco.

El Flaco y yo nunca nos hubiéramos bajado, pero Felipe ya sabía que el viaje llegaría hasta donde el operador quisiera. Y esta vez no tuvo que contar. En el momento preciso en el que el tranvía se detuvo, los tres pusimos los pies en el suelo y nos echamos a correr.

—¡A ver si les sirven las patas para algo, majaderos! —gritó el maquinista, quien ya había puesto los pies sobre la tierra y nos hacía todo tipo de ademanes con las manos (de ésos por los que los padres del colegio te dan bien fuerte con la regla, te castigan durante el recreo y, además, te ponen a rezar contra la pared).

—¡Ya no sea rezongón y deje en paz a esos muchachos! ¿No ve que tenemos prisa, cascarrabias? —le gritó una señora desde el interior del tranvía.

El Flaco y yo íbamos tan contentos que no paramos de reír hasta que llegamos al cine, en donde ya estaba Quique Sancochón comiéndose un pambazo.

—¿Por qué se tardaron tanto? —dijo el muy ladino.

Nada podía ponernos de mal humor al Flaco y a mí. Ni siquiera las fanfarronadas de Sancochón.

—A ver, Pepino —me dijo Felipe—. Compren sus boletos y entren. Yo voy a esperar al Pollo. Los veo adentro.

De mofletes. Compramos los tres boletos de gayola y nos metimos al cine como de rayo. (La verdad es que a luneta o, como quien dice, a la parte de abajo, nada más vamos con mis papás. Cuando nos mandan solos, siempre vamos a gayola.) Además, es mejor, porque ahí arriba sí se puede hacer escándalo sin que te estén callando todo el tiempo porque casi está lleno de puros chicos.

Te digo que vimos cuatro episodios de *La moneda rota*. Pero lo mejor de todo, mi valiente Giro-Batol, fue que, por primera vez en todas nuestras vidas, el Flaco y yo nos subimos de moscas a un tranvía. Y mañana vamos a presumírselo a todos en el colegio, y vas a ver cómo el Jijo se va a morir de tanta envidia que va a darle. ¡Fue como hacerle el abordaje a un buque inglés, te lo juro!

Y ya me voy porque ya huele a las tortillas de harina de mi abuelita.

Déjame contarte rápido lo que el padre Mier nos platicó: que, al parecer, sí es cierto que el jefe de la Banda del Automóvil Gris vive aquí en San Miguel. Y es que nos contó que, ayer en la noche, se metieron a robar en una casa de Mesones. Dejaron a los dueños en los puros calzones (bueno, tampoco él lo dijo así, pero ya ves que así dice mi abuelita y se oye bien chistoso). Además, Jesusito Parra hoy no fue al colegio y, según el padre Mier, faltó porque vive a un lado de la casa que robaron. A ver si Jesusito nos cuenta mañana si hubo balazos y muertos y gritos y todo.

Mientras, te platico que, cuando estábamos rezando el rosario, antes de venirme para la casa, el Vitrina y Ordiales se pusieron a contar que los asaltantes no eran mexicanos, sino alemanes. Y es que ahorita hay guerra en Europa y, al parecer, los alemanes la están perdiendo. Por eso varios soldados alemanes vinieron aquí en un Fiat gris a quitarle el dinero a los ricos mexicanos para comprar armas y así ganar la guerra. Eso lo decía Ordiales o el Vitrina, ya no me acuerdo. Y por eso el Jijo, que ya ves que es de España, se metió en la conversación.

—Sois unos zopencos. ¿Cómo se iban a venir en un coche por el mar?

Cuando llegó al colegio hace dos años, el padre Rentería nos lo presentó y nos dijo que venía de Gijón. Por eso, todos empezaron a decirle el Jijo. Y a veces, "jijo de las tres pelonas" o "jijo de la jijurria". Claro que al Jijo (que se llama Manolo, pero sólo en su casa y los padres del colegio le dicen así), eso le daba mucho coraje y acababa peleándose con todos. Pero al final, tuvo que conformarse con su apodo porque aquí en San Miguel al que no tiene un mote, se lo fabrican.

Te contaba que el Jijo se metió en la plática y les dijo zopencos. Y tiene razón, porque es cierto que nadie se puede venir de Alemania a México en coche si en medio de los dos países hay un mar bien grandote.

—¡Pues es verdad! ¡Me lo contó mi papá! —dijo el Vitrina, ya me acordé.

—Pues estáis tontos tú y tu padre. ¿Cómo va a venirse una banda entera en coche desde Alemania?

¿Qué no ven que hay que atravesar todo el océano Atlántico?

Y empezaron a discutir entre bajito y fuerte porque cuando rezamos el rosario sí puedes platicar, pero bajito, para que no se note que no contestas la oración. Y otras veces, si empieza a darte sueño, puedes decir "bsssbsssbsssbsss" en vez de contestar lo que se debe, pero tiene que ser muy bajito para que el padre no se dé cuenta.

—Pues mi papá me dijo que sí son alemanes. Por eso se vinieron en un Fiat.

Entonces intervino el Ratón Mendalde, que está orejón como un ratón.

—¿Qué te pasa, Vitrina? Los Fiat son italianos, no alemanes.

—No seas tonto, Ratón. Son alemanes.

—¡Son italianos!

—¡Alemanes, so bobo!

Empezó la gritadera y hasta yo me metí, pues sabía que los Fiat son italianos porque mi primo Lucindo (el que se fue a la Revolución y nunca volvió) quería comprarse uno antes de irse. Eso sí me consta.

—¡Vitrina cabeza hueca! ¿Y a poco por ser alemán ya puede navegar un coche como si fuera un barco?

—¡Tú no te metas, Pepino!

—¡Me meto porque dices puras tonterías!

—¡A ver si esto te parece una tontería!

No tengo que contarte, mi valiente Giro-Batol, que el rosario ya no tenía nada de rosario y se había vuelto una tremenda gritería, porque el Vitrina me había agarrado de los cabellos y yo a él. También el Jijo y Ordiales estaban dándose de sopapos.

Como te puedes imaginar, el padre Mier nos castigó a todos los que participamos en la bulla y nos puso a rezar los 15 misterios del rosario. Por eso te cuento esto rápido porque apenas acabo de llegar a mi casa y, además del castigo del colegio, mi papá, como podrás imaginarte, me mandó a hacer un montón de planas en mi libreta.

Mi valiente Giro-Batol:

Estoy muy contento porque ya sé que Lady Mariana se llama Berthita Peñaloza. Aunque para mí siempre va a ser Lady Mariana Guillonk, porque ya ves que siempre en mis sueños yo soy Sandokan, el Flaco es Yáñez y ella es Mariana. Entonces yo me la llevo a vivir conmigo a la isla de Mompracem y vivimos felices para siempre y por toda la eternidad atacando buques ingleses.

Pero déjame contarte bien cómo estuvo todo. Fíjate que, hace como tres días, la niña pesada que se llama Luzcle empezó a molestarme en la plaza otra vez. Estuvo dando guerra con que yo no tenía novia y que decía puras mentiras. Y la verdad es que sí son mentiras porque yo no tengo novia ni nada, pero como me cayó tan pesada, le inventé que sí tenía y que se llamaba Lady Mariana como la novia de Sandokan. Y me empezó a moler con que, si de veras tenía novia, se la presentara y todo.

—Todas ésas son puras mentiras. No tienes novia. Por eso no me la puedes presentar, porque no existe.

Eso decía. Yo jugaba con el Flaco y con Sancochón al boxeo de sombra, porque Felipe me estuvo enseñando la semana pasada cómo se boxea con la sombra y yo les estaba explicando a mis amigos para que de grandes seamos como Mike Febles o mejores. Pero la niña no dejaba de molestar.

—Claro que tengo novia —le decía yo—. ¿Verdad que sí tengo novia, Flaco?

—Si tú lo dices, Pepino.

Puras mentiras. De todos nosotros el único que ha tenido novia es Quique Sancochón, que anduvo de enamorado con una niña del barrio de la Soledad. Y hasta se daban besos en la boca; me consta porque yo los vi. Pero no duraron nada porque ella era la que le invitaba los dulces y las nieves al Sancochón, y cuando se cansó de mantenerlo, lo acusó con su hermano y entonces él y Quique se dieron de moquetes. Hasta ahí llegó el noviazgo, porque quién quiere ser novio de una niña que puede pedirle a su hermano que te rompa la nariz cuando a ella se le antoje.

—Te presentaría a mi novia si se me diera la gana, pero no se me da la gana.

—¿No se te da la gana o no puedes?

—No se me da la gana.

—No es cierto. No puedes.

—Sí puedo.

—No puedes.

—Sí puedo.

—No puedes.

Dirás que soy todo un asno porque, otra vez, la niña me hizo caer en su juego. Pero ya verás que no tanto, porque gracias a eso conocí a Lady Mariana, que en realidad se llama Berthita Peñaloza. Y de tanto discutir con esa niña, acabé diciéndole que sí iba a presentarle a mi novia, pero otro día. Ella dijo que conformes y se fue a brincar la cuerda con otras niñas, y hasta ahí llegó la cosa, aunque no me dejó de observar en toda la tarde. Yo creo que está bien loca chiflada.

Y ayer, otra vez lo mismo. Me dijo que la llevara a conocer a mi novia y como yo estaba con otros niños cambiando anillitos de los puros que fuman nuestros papás (de ésos que traen las caritas de Bismarck, el zar Nicolás y otros personajes de diferentes países), le dije:

—Si quieres, mañana te la presento, pero ya no estés dando guerra.

—Bueno. Conste que mañana. Si no cumples, te reto a unas luchas.

La verdad, sí creo que esa niña está bien loca chiflada, y por eso, para de veras quitármela para siempre de encima, decidí que iba a presentarle a mi novia, que no es mi novia, y así quedaríamos para siempre en paz. Así que hoy o, como quien dice, hace rato, me volvió a buscar en la plaza y me dijo:

—Vamos a conocer a tu novia, Pepino. Y ya te advertí que si no es cierto que son novios, te reto a unas luchas y te voy a ganar y te voy a dejar los dos ojos morados y varios dientes chuecos para que se te quite lo mentiroso.

—No soy mentiroso. Y, si quisiera, te ganaría bien fácil.

—No es cierto.

—Sí es cierto.

Le había pedido al Jijo que nos acompañara porque, según yo, es el único que sí le puede ganar a la niña porque siempre se pelea con sus tres hermanas y les gana. Pensé que, si las cosas se ponían feas, le iba a pedir a él que me defendiera y luego ya le pagaría el favor con alguna de mis historietas de Ranilla o con los 20 centavos que tengo ahorrados en mi alcancía de cochinito.

Los tres caminamos, sin decir palabra, por toda la calle hasta llegar al Colegio Francés de Señoritas.

Yo había pensado que, cuando salieran las niñas de sus clases, podría enseñarle a la pesada de la niña que se llama Luzcle a mi novia (claro, a la distancia porque, en realidad, no es mi novia ni nada) y fin del cuento. Estuvimos ahí parados un rato sin decir palabra. El Jijo y yo nos compramos limonadas de bolita y no le convidamos a la niña. Y esperamos así un buen rato. Él y yo platicábamos sobre la clase de gimnasia de la mañana porque Ordiales le había sacado el aire al Ratón de un cabezazo y el Ratón se puso muy blanco y casi se desmaya. La niña no decía nada y no le quitaba la vista de encima a la puerta del colegio.

Entonces empezaron a salir las niñas con su uniforme azul muy bonito.

—Fíjate bien, ¿eh? Porque no te la voy a enseñar dos veces.

Una tras otra, las niñas salieron muy bien formaditas. Yo también estaba un poquito nervioso pues hace varios meses el Flaco y yo veníamos casi diario a pararnos en esta misma esquina porque nos gustan dos niñas distintas, aunque nunca les hablamos ni nada. Bueno, el Flaco sí le regaló unas flores a la pelirroja que le gustaba, pero como ella se las puso de sombrero a mi pobre amigo, mejor dejamos de venir.

—¡Mira, ahí está, es ella!

Lady Mariana apareció abrazando, muy coqueta, sus libros, con su cabello rubio muy bien peinado, sus lindos ojos azules y su boquita roja de corazón. La auténtica novia de Sandokan. La más diáfana de las preciosidades (la palabra "diáfana" se la robé a Felipe de un poema que escribió hace mucho para una niña que ni caso le hizo).

—¿Cuál? ¿La güera?

—Sí, la güera. Ahora vámonos.

Yo pretendía que ahí terminara todo porque, la verdad, Lady Mariana y yo no éramos novios ni nunca habíamos hablado ni nada. Es más, yo no sabía su nombre ni ella el mío. Pero ya me temía que no me iba a ser tan fácil salir de ésa. Por eso llevaba conmigo al Jijo.

—No es cierto. Esa niña no es tu novia.

—Sí es.

—Claro que no. A ver, ¿por qué no vas y le das un beso?

—¿Nada más para darte gusto a ti? ¡Estás loca chiflada!

—No le das un beso porque no es tu novia.

—No se lo doy porque no se me da la gana.

—Te voy a poner los dos ojos morados.

Me llevé al Jijo aparte.

—Espérame aquí con esta niña loca. Si ves que se quiere acercar, la agarras fuerte.

—¿Estás tonto o qué? —me dijo él, mientras se acababa su limonada—. ¿Y si me muerde?

—Te doy cinco centavos.

—Que sean 10.

Volvimos con la niña y le dije, muy ladino:

—No voy a darle un beso, pero sí voy a ir a saludarla para que veas.

—A ver si es cierto.

Caminé hacia Lady Mariana (quien abrazaba sus libros y miraba hacia los dos lados de la calle), y mientras más me acercaba, sentía que las piernas se me hacían cada vez más aguadas, como engrudo, y que el corazón me latía como tambor de guerra. Cuando estuve junto a ella y me vio a los ojos, creí que iba a desmayarme porque me sonrió.

—Sdjvhlffrttlpyñd... —fue lo que dije porque, la verdad, hasta el español castellano se me olvidó.

—¿Qué? —dijo ella, todavía sonriendo.

—Yrghpwxclpññy...

Entonces, una monjita le gritó desde la puerta:

—¡Berthita! ¡Berthita Peñaloza! ¡Ya llegó tu mamá por ti!

Ella, sin soltar los libros, se despidió de mí con un gesto y corrió hacia el otro extremo de la calle, para encontrarse con su mamá.

Lo que sigue voy a contártelo tan rápido como pasó porque ya tengo que irme (es que mi mamá y mi abuelita salieron y me encargaron a Quico y hace mucho rato que no lo veo, a lo mejor ya se echó de cabeza al retrete).

Cuando volví con el Jijo dando brincos de contento, él apenas podía detener a la niña. La verdad me dio miedo y ya estaba a punto de echarme a correr a mi casa. Cuando ella se zafó, el Jijo y yo nos cubrimos la cara con los brazos porque creímos que nos iba a dar de puñetes y de patadas. Pero ella, en vez de pegarnos, corrió, como de rayo, a la plaza.

Te digo que está bien loca chiflada. Y ya me voy, porque sí me parece que oí un ruido como de burbujas que viene del baño.

Estábamos varios platicando en la plaza cuando el Flaco llegó a presumirnos su reloj nuevo; un Trans Pacific precioso de ferrocarrilero. A veces pienso que lo más mofletes del mundo sería ser rico como el Flaco. Si su mamá quisiera, lo sacaría del Colegio de Infantes y lo metería al Amalia Parra o a otro más caro, pero no lo hace nada más porque ahí estamos todos sus amigos. Y si su mamá quisiera, podría vestirlo de príncipe, ponerle una corona de oro y diamantes, y hasta subirlo en un trono, porque ya ves que la señora renta varias casas en San Jerónimo y por eso tiene tanto dinero. Pero qué bueno que la señora no lo hace porque a ver quién aguantaba al Flaco si se portara pesado como un fifí.

Y la verdad es que sí nos dio mucha envidia cuando sacó su reloj porque ninguno de nosotros ha tenido nunca uno. Bueno, Quique Sancochón sí, pero fue uno que ganó en el rentoy y casi como de rayo lo volvió a perder, así que no cuenta.

Después de que el Flaco nos mostró su reloj, el Pecas se puso a llorar porque se acordó que su papá tenía uno igual. Y es que el papá del Pecas se murió hace tres años, cuando hubo balazos en el centro de la ciudad, cuando todavía vivía el presidente Madero. Hubo disparos entre Palacio Nacional y la Ciudadela por varios días y las balas chiflaban por encima de nuestras cabezas. Claro que yo estaba muy chico, pero sí me acuerdo bien, porque no nos dejaban salir a la calle y nos tenían muy asustados. Mi abuelita no dejaba de decir "¡Jesús mil veces!", cada vez que se oía un estallido. Fue a los pocos días cuando mataron al presidente Madero y a su vicepresidente, el señor Pino Suárez. Todo el barrio de San Miguel estuvo de luto y las señoras les mandaron hacer misas a los dos muertitos.

Pero te estaba contando que el papá del Pecas también se murió y, por eso, todos queremos mucho al Pecas, porque no tiene papá. Y como se puso a llorar, todos nos pusimos tristes. Durante un ratote nadie dijo nada y el Flaco terminó por esconder su reloj, aunque él ni culpa tenía, porque no sabía nada. Ni nosotros, porque tampoco sabíamos nada, que conste.

Luego nos pusimos a jugar a la guerra en Europa y al Pecas se le olvidó que su papá ya se había muerto. Además, el Flaco le compró dos centavos de golosinas en la tienda de la viejita, así que todo terminó bien.

Felipe empezó a hacerme burla porque vio que en las últimas hojas de esta libreta me puse a hacer corazones que dicen "Berthita Peñaloza y Pepino García". Pero no me importa, porque si Berthita Peñaloza fuera mi novia de verdad, yo creo que abandonaría mi casa, la escuela, la doctrina y todo, y me la llevaría a vivir conmigo a la isla de Mompracem, aunque quede bien lejos y haya que tomar muchos barcos. Allí me dedicaría a ser pirata y todo.

Pero quería contarte otra cosa, mi valiente Giro-Batol, y es que hoy fue un día de mofletes porque celebramos el cumpleaños del Jijo. Y es que ya ves que sus papás siempre celebran los cumpleaños como si fueran el día de la Independencia o algo mejor. El señor Meléndez, el papá del Jijo, siempre lo lleva con sus amigos a dar un paseo adonde Manolito

quiera (que no se te olvide que así se llama el Jijo).
El año pasado quiso ir al lago de Chapultepec y eso
estuvo mofletes. Este año, en cambio, escogió el Museo de Historia Natural, que está muy lejos, por allá
por Buenavista. Y allá fuimos el Flaco, el Jijo, Quique
Sancochón y dos hermanitas del Jijo —Begoñita y
Sofía— en una carreta de mulita que alquiló el señor
Meléndez. Cantamos *La cucaracha*, aunque nosotros
nada más nos sabemos la parte que dice "ya no puede caminar". En cambio, el señor que conducía la
carreta se sabía un montón de coplas bien divertidas
que hacían doblarse de risa a las niñas, y al señor
Meléndez, que iba a un lado del conductor, ponerse
colorado y peinarse los bigotes a cada rato.

El museo estuvo bien. Hay un tigre disecado y
una colección de insectos. Pero lo más impresionante fueron los fetos que tienen en frascos de formol.
Begoñita se sintió mal del estómago y tuvo que salir
corriendo a la calle a devolver el desayuno.

Pero lo mejor fue la estación de trenes, que ni siquiera estaba en el plan original. Ya habíamos salido
del museo y se supone que ya íbamos de regreso a
la casa del Jijo (en donde nos esperaban la comida
y el pastel de cumpleaños), cuando oímos el silbato
de un tren a la distancia. El Jijo se puso a pedirle a
su papá como loco que nos llevara a ver los trenes
a la estación. De mofletes. Cuando entramos, nos

tocó ver un tren recién llegado con un montón de juanes y de soldaderas encima, todos con su rifle, sus cananas y sus caras de malo.

—A ver, Pepino, ahorita puedes irte al norte con tu General Villa, si quieres, tú que siempre andas diciendo lo mismo... —se burló Quique Sancochón.

Todos se rieron pero, la verdad, sí me dieron ganas de subirme al tren para irme para siempre y no volver nunca de los jamases. Hasta me vi parado frente a mi General Villa con un rifle al hombro y diciéndole: "Pepino García a sus órdenes, mi General".

—La verdad es que, si pudiera, yo también me iría a la guerra —dijo el Flaco pelando los ojos muy grandes.

—Más bien si tu mamá te deja... —le contestó el Sancochón para volver a causar la risa de todos, aunque también se le veía cara de quererse subir al tren sin pensarlo nada.

Yo creo que las locomotoras son cosas de niños porque las hermanas del Jijo ya estaban hartas y querían regresarse. No paraban de chillar que tenían sed y hambre y que les dolían las piernas. O a lo mejor, como ellas ya se habían subido a un tren cuando llegaron de España, ya no le veían ninguna gracia. Pero no creo que fuera eso, porque también el Jijo se había subido esa vez y estaba igual de fascinado que nosotros.

El señor Meléndez intentó contactar al maquinista para ver si nos dejaba tocar el silbato, pero nunca dio con él. Qué bueno, la verdad, porque yo creo que si nos hubiéramos subido a la locomotora para tocar el silbato, a todos nos habría dado un ataque al corazón de tanta alegría. De cualquier manera, de regreso a la casa del Jijo, en lugar de cantar, nos la pasamos hablando del tren: que si el tren esto, que si el tren lo otro. Las niñas mejor se durmieron y cuando llegamos estaban de un humor espantoso. Begoñita gritó "¡Chocha!" y se metió corriendo a su casa. Y conste que yo no le había dicho nada.

Pero ahí no terminó la diversión. En casa del Jijo nos esperaba un banquete impresionante. Estaban las dos tías poblanas del Jijo. Cocineras como ellas no las encuentras en ningún lado. Y es que ya ves que la mamá del Jijo es mexicana, pero conoció al señor Meléndez en Gijón cuando estaba de paseo por España con su compañía de teatro. Y se vinieron a vivir a México porque la señora se puso triste después de tantos años fuera de su país; le dio eso que se llama nostalgia. Y el señor Meléndez, que la quiere mucho, vendió su tienda y se la trajo a vivir acá con todos sus hijos. Pues como te decía, las dos tías poblanas del Jijo estaban de visita y, nada más para que te dé envidia, aunque digas que no puedes porque se supone que eres mi amigo imaginario, voy a platicarte lo que nos sirvieron: conejo en mole verde, pepitoria de guajolote, albondigones de carne de puerco fritos, chilacayotitos en pipián y aguas de sandía y de piña. Para rematar, a todos nos dieron unas galletitas de nuez y de canela. El señor Meléndez —quien no se mide para gastar en los cumpleaños de sus hijos— invitó también a varios vecinos y compadres suyos. Ellos tomaron vino y pulque curado de fresa y de nuez.

Cuando llegó la hora del pastel, ya no nos cabía nada de lo panzones que nos sentíamos, pero lo mismo nos comimos una rebanada con jaletina. El único que parecía barril sin fondo era Quique Sancochón; él siempre come como si fueran competencias. No podían las tías del Jijo pasar con algún platón porque el Sancochón era incapaz de negarse.

—¿Otra galletita, mijito?

—Bueno, señora.

—Agarra dos, ándale.

—Gracias, señora.

—¿Más agüita?

—Bueno, señora.

Al final, la señora Meléndez tocó el piano y animó más la fiesta. Los más chicos cantamos y bailamos. Y, antes de que anocheciera, el señor Meléndez nos acompañó a cada uno a nuestra casa. Dice el Jijo que un asturiano no es buen anfitrión si no manda a sus invitados indigestos a sus casas. Yo creo que el señor Meléndez es el mejor de los asturianos, te lo juro, porque, hasta ahorita, sigo viendo bizco de tan panzón que quedé.

Mi valiente Giro-Batol:

Quico y yo estamos afuera de la casa, sentados en el zaguán de la vecindad, porque mis papás nos corrieron de la casa. Y es que nos mandaron a ver pasar los patos. Sí, ya sé que por aquí nunca pasa ningún pato, pero es una forma que tiene mi mamá de decirnos que les estorbamos a ella y a mi papá.

Por ejemplo, hoy mi papá llegó temprano de trabajar. Después de la comida se fue a leer su periódico, pero no dejaba de observar a mi mamá por encima de las hojas de su diario. Y ella, que estaba sacudiendo los muebles, tampoco dejaba de verlo. Y se sonreían. Y se veían y se sonreían y todo. Así a cada rato. Quico y yo jugábamos en el suelo con unos cochecitos de hojalata que nos trajeron los

Reyes Magos. Y yo ya sabía qué iba a pasar nada más de ver a mis papás sonriéndose tanto. Porque ya sé que, cuando se sonríen tan sospechosamente, quieren darse un beso o algo. Y no se están tranquilos hasta que nos echan de la casa.

Mi mamá nos dijo:

—Pepino, Quico. ¡Vayan a ver pasar los patos!

Y de nada te sirve decir que por aquí no pasa ningún pato porque igual te echan. (Creo que a mi mamá le decían lo mismo cuando era niña y vivía allá en Saltillo. Por eso se desquita con nosotros. Aunque yo me imagino que allá sí pasan patos a cada rato por la calle, pero aquí en la capital a veces no pasa ni un perro.) Además, te cuento que nada más a mí, a Quico y a mi abuelita nos mandan a ver pasar los patos. A Felipe lo mandan a comprar puros, carbón o algo que le tome bastante tiempo.

Ya lo veía venir porque ni mi abuelita ni Felipe están en la casa; mi hermano está en los baños de Pescaditos practicando box, y mi abuelita, en un mandado. Por eso, en la cara de mis papás se veía que, tarde o temprano, nos iban a mandar a ver pasar los patos. Y por eso Quico y yo estamos aburriéndonos acá afuerita porque no pasa ni un pato, ni un perro, ni un gato, ni nada.

Ya nos movimos para acá para la plaza. Siquiera aquí podemos jugar un ratito, aunque con Quico no puede hacerse mucho. Voy a ver si se me ocurre algo.

Ya volví. Fuimos a ver a Sigüenza y Góngora que, aunque ya está bien grande, todavía no vuela. Martinete nos dejó asomarnos a su sombrero. Con un pañuelo y muchas ramitas, le hizo una covachita bien bonita. Quico se puso pesado porque a fuerzas quería agarrarlo, pero claro que Martinete no iba a dejarlo. Y la verdad es que yo tampoco lo hubiera dejado porque Quico lo rompe todo, hasta sus juguetes, y que tal si también apachurraba al pajarito hasta despanzurrarlo.

—¡Pájado! ¡Pájado! ¡Pájaaaadddooooo!

Se puso a gritar y a bailar un zapateado. Eso puso nervioso a Martinete y comenzó a hablar con los árboles y, al ratito, ya no existíamos para él. Pero mejor, porque si Quico hubiera despanzurrado a Sigüenza y Góngora, te juro que yo hubiera tenido pesadillas por muchos días. Por eso me regresé con Quico a esta banquita para seguirte contando y que él siga llorando todo lo que quiera. Quico ya se calló porque se puso a jugar con un escarabajo. Todo estará bien si no se le ocurre comérselo.

Ahí viene el padre Raña, así que voy a dejar de contarte un rato para que no me pregunte qué hago y vaya a enterarse de todo lo que te cuento.

Ya se fue. Se sentó un ratito con nosotros en la banca. Como hace mucho calor, sacó el pañuelo de su sotana y se secó el sudor de la frente. También se quitó los lentes y los limpió con su pañuelo.

—Pepino, ¿no viste a Quique Sancochón?

—No, padre —le contesté. Y era verdad.

Tenía cara de que el Sancochón se le había escapado de algún deber y que venía de preguntar en El Dos de Oros, pero que ni don Julián (el papá postizo de Quique) lo había visto. La que le esperaba al Sancochón si lo agarraban. Barrer toda la iglesia de Regina, un mes entero, yo creo.

—Qué calor, ¿no, Pepino?

—Sí, padre —respondí. Y me pareció muy ocurrente también decir—: como si estuviéramos en el infierno, ¿no, padre?

—Pero ¿qué dices, tunante?

—Es que en la doctrina usted nos ha contado que en el infierno hay llamas y todo; y yo por eso le dije que...

—Sí, Pepino, ¡pero cómo vas a comparar!

A lo mejor no le gustó imaginarse a sí mismo tostándose en el infierno. Ni que fuera para tanto, si a nosotros los chicos nos dice a cada rato que vamos a acabar ahí.

—¿Qué come este niño? —dijo de pronto, señalando a Quico.

¡Tornillos y catrinas! Nos tardamos un buen rato en hacerlo devolver el bicho. Y yo creo que el padre nos habría llevado de una oreja a nuestra casa si no hubiera sido porque vio a la distancia cómo Quique Sancochón daba la vuelta en la esquina de Alfaro. Entonces se paró y se puso a corretearlo hasta que los dos se perdieron de vista. Seguro lo van a poner a barrer y a trapear la iglesia con todo y sacristía y, a lo mejor, hasta el hospital completo, durante un mes o un año.

Mira. Ya salió mi mamá al balcón. Está bien sonriente y un poco despeinada.

—¡Pepino! ¡Ya vénganse! ¡Hice agua de limón! —dice.

Lo bueno de que te manden a ver pasar los patos, es que mi mamá siempre está de buenas cuando regresas. Y, a veces, hasta da sorpresas como una jarra grande de agua de limón o algo.

Estoy contento porque acompañé a Felipe al Volador y me compró una foto daguerre del presidente Madero. El Volador es un mercado de chueco bien grande en donde venden todo tipo de cosas. Por si no entiendes qué quiere decir "chueco", significa que, a lo mejor, son cosas robadas, o a lo mejor no, pero aunque nadie sabe de dónde salieron, tampoco nadie hace preguntas cuando las compra. Felipe fue por unos guantes nuevos de box. Los compró con el dinero que gana ayudando por las tardes en la papelería de mi tío Simón. Y a mí me compró la foto. La verdad, me gustó más un sombrero como el de mi General Villa, pero era más caro, así que me decidí por la foto daguerre del presidente Madero saludando a la gente en su carruaje. Mi papá dice que al presidente Carranza (el presidente que está ahorita) no lo queremos tanto como quisimos al presidente Madero. Y yo creo que es cierto, porque ya ves que hasta mi General Villa le cambió el nombre a la calle de San Francisco y ahora ya se llama Francisco I. Madero, aunque algunas personas, como mi abuelita, sigan llamándola por su viejo nombre.

Pues mi foto daguerre está mofletes y voy a ponerla junto a la otra foto que tenemos en la salita, donde salimos mis papás, Felipe, Quico y yo. Nada más estoy esperando a que venga mi papá del trabajo, pues cuando le pregunté a mi mamá si me dejaba poner mi foto daguerre encima de la vitrina, me dijo:

—¿Estás atolondrado, Pepino? ¡Mira que gastar el dinero en esas tonterías!

—¡No es una tontería! ¡Es una foto del presidente Madero y nada más nos costó cinco centavos!

—Y tú, ¿para qué quieres una foto del presidente Madero, si se puede saber?

No respondí. No sé para qué son las fotos daguerre como ésta o la otra de toda la familia, en la que yo enseño la lengua. Así que mejor preferí no discutir porque a mi mamá no le ganas una ni poniéndote muy listo.

—Bueno, ¿me dejas ponerla, sí o no?

—¿Y para qué quieres poner una foto del presidente Madero junto a la nuestra?

Mejor decidí esperar a mi papá para preguntarle a él. Al fin que con él no es tan complicado. Él te dice que sí o que no, sin salirte con tantas preguntas como para qué o por qué.

Mientras, te platico que después de ir al Volador, acompañé a Felipe a los baños de Pescaditos. Quería probar sus guantes nuevos que, la verdad, ni nuevos son porque ya están bien usados. Pero de que están menos amolados que los otros, eso es cierto.

Cuando llegamos a Pescaditos, salió a recibirnos el Tocino Mondragón. Él prepara a todos los que van ahí. También a Mike Febles, por si te lo preguntabas.

—¡Hola, Pepino! ¿Cómo va ese golpe de zurda?

El Tocino Mondragón siempre me pide pegarle con la zurda en la palma de la mano. Y yo le pego lo más fuerte que puedo. (A veces la mano me queda toda adolorida pero, claro, hago como si no me doliera nada porque un buen boxeador sabe aguantarse el dolor y no hace caras cuando le pegan bien duro.)

—¡Vaya golpe, Pepino! ¡Sigue así y en unos años vas a ser el terror del barrio!

La verdad, no sé si quiero ser el terror del barrio, pero sí me gusta oír que tengo buen golpe de zurda, aunque nunca me haya servido de nada. (Ya ves que el mes pasado, cuando me peleé en la escuela con Pachequito, no pude ni meter las manos porque, como de rayo, me tumbó en el suelo y me puso las rodillas en los brazos y me sacó sangre de la nariz con dos cabezazos. Y ya ni te cuento más porque, al final, los dos terminamos en la oficina de Monseñor, llorando a moco tendido. A Pachequito le espantó tanto mi sangre que fue el primero en soltarse a llorar cuando llegaron los padres a separarnos.)

Y, como ya te imaginarás, le pregunté al Tocino Mondragón por Mike Febles.

—¿Y no vino el campeón, señor don Tocino?

Todo el mundo lo llama Tocino, pero a mí me da como pena y por eso le digo "señor don Tocino".

—No ha venido, Pepino.

Qué lástima. Yo sólo había visto a Mike Febles de cerquita la vez que pude darle la mano. Dice Felipe que nosotros nunca lo vemos porque sólo va en las mañanas. De todas maneras, siempre le pregunto por él al señor don Tocino Mondragón.

Felipe me compró entonces una bolsa de pepitas y me sentó a ver la práctica. Y luego nos vinimos para la casa. Te cuento esto rápido porque ya oí llegar a mi papá y quiero preguntarle si ahorita mismo puedo poner mi foto del presidente Madero junto a la nuestra, aunque ni yo sepa para qué sirven las fotos o los retratos que se toma la gente.

Lo peor que puede pasarte en la vida es que llegues a casa de tu amigo a la hora de la emulsión de Scott porque es seguro que la mamá de tu amigo te vea flaco y te quiera dar a ti también. Ya me pasó una vez en la casa del Jijo. Su mamá les estaba dando la emulsión a todos sus hijos, y como yo también le quedaba a la mano, me dijo:

—Abre la boca, Pepino.

—No, señora. A mí me acaban de dar en mi casa. ¡Se lo juro!

—¡Abre la boca, Pepino!

No sirve absolutamente de nada que te resistas, que pidas auxilio ni que te eches a correr porque, además de todo, los otros niños no van a ayudarte. Al contrario, hasta va a darles gusto que corras la misma suerte que ellos.

Y esto te lo cuento porque, hace ratito, me pasó lo mismo en la casa del Flaco. Fui a jugar con él a los soldaditos y, cuando llegué a su casa, su nana Cande traía el frasco de la emulsión de Scott en una mano y la cuchara en la otra. Me dieron ganas de salir huyendo, pero ni modo, ya estaba ahí adentro. Y como la casa del Flaco es grandísima, bien hubiera podido esconderme en algún cuarto, pero me acobardé nada más de ver la cara del Flaco. Y ya ves que la nana Cande es algo así como la abuelita del Flaco, aunque no se parece en nada a mi abuelita. La nana Cande mide como cinco metros de alto y otros cinco de circunferencia (que conste que lo pongo bien porque ahorita estamos viendo la geometría del círculo en el colegio), no como mi abuelita, que es tan chiquita que ya casi la alcanzo en estatura. Además, la nana Cande es morena y tiene unos brazotes que parecen piernas y unos labios gordos como de pescado. Y mi abuelita es blanca de la piel y del cabello y, como te digo, todo lo tiene chiquito. A mí hasta se me hace que día a día se encoge. A lo mejor, en unos años va a desaparecer o tendremos que guardarla en un cajón para que no se pierda.

Pero te decía que no te conviene intentar escapar de la nana Cande porque, si te atrapa, puede agarrarte con una sola mano y triturarte para hacerte obedecer todos sus deseos.

—Hola, Pepino —me dijo el Flaco, quien ya estaba de color verde por la cucharada de emulsión que acababan de darle.

Y como ya te platiqué, yo no pude correr ni responderle el saludo porque adivina quién no se decidía a tapar el frasco.

—A ver, Pepino, abre la boca —me dijo la nana Cande.

—No, nana. Acaban de darme en la casa, te lo juro.

—No es cierto.

—Sí, nana, te lo juro.

—Pues no te hará mal otra cucharada. Anda, abre.

—No, nana. Además yo no estoy tan flaco como el Flaco. Yo no necesito emulsión. Mi mamá casi ni me da, te lo juro.

—¡Abre, Pepino!

Ese último que dijo "Abre, Pepino" fue el Flaco, que a veces es más traidor que un cochino traidor.

Tuve que abrir la boca y pasarme el tónico que sabe igual que si te estuvieras comiendo un pescado vivo abierto a la mitad. Lo cierto es que todos los chicos ya estamos tan acostumbrados a la emulsión de Scott que el sabor no tarda mucho en pasársenos. Además, la nana Cande nos regaló un pirulí después de ese mal trago, así que, al final, todo salió bien.

Lo malo fue que, cuando llegué, ni te imaginas lo que a mi abuelita se le ocurrió decirle a mi mamá después de la merienda.

—Hija, estos niños están comiendo muy mal últimamente.

Eso no es cierto, porque yo me comí dos panqués y me tomé toda mi leche, pero, al parecer, mi abuelita ya no ve bien o quiere cebarnos para un concurso de chanchos, porque nunca le das gusto, así te comas todo el pan de la cesta o te tomes toda la leche de la olla.

Nos hicieron formarnos a los tres. Hasta a Felipe le tocó. Y Quico se puso a llorar en cuanto vio el frasco con el señor que carga un gran pescado.

—¡A mí ya me dieron en la casa del Flaco! ¡Te lo juro, mamá!

Pero de nada me sirvió defenderme. De veras que a veces hay días malos.

—¡Abre la boca, Pepino!

Mi valiente Araña de Mar:

No te molesta que te cambie el nombre, ¿verdad? Es que Araña de Mar también es un nombre de pirata mofletes. Oye, a que ni te imaginas quién volvió hoy a la plaza dando más guerra que nunca. La niña ésa pesada que se llama Luzcle. (Ése sí es un nombre feo, no como Araña de Mar.) Pero déjame contarte que estábamos jugando Quique Sancochón, el Jijo, el Vitrina y yo con un balón de futbol porque un primo del Vitrina juega en el Reforma Athletic Club y, según él, es muy bueno. La verdad es que a nosotros casi ni nos gusta el futbol, aunque los padres del colegio nos ponen a jugar en la clase de gimnasia. No le veo la gracia a perseguir una pelota con los pies. Pero te decía que el Vitrina estaba de portero y nosotros pateábamos el balón (no sé cómo no le dio miedo, pues ni siquiera se quitó los anteojos, que ya ves que los tiene enormes, y por eso le decimos el Vitrina). En ese momento apareció esa niña güera bien pesada que se llama Luzcle. El Vitrina le daba la espalda a la iglesia y paraba los tiros que le mandábamos. Entonces, que veo a la niña atravesar Estampa de Regina y venir en dirección a la plaza. La verdad, no sé por qué me dio tanto miedo, mi valiente Araña de Mar, pero sí me dio verdadero miedo de cobarde. Y me eché a correr.

—¡Pepino! ¿Qué te pasa? ¿Qué mosco te ha picao? —me gritó el Jijo.

Yo le respondí, a la carrera.

—¡Es que me acordé de una cosa!

Qué cosa ni qué ocho cuartos, como dice mi abuelita. Me eché a correr por todo San Jerónimo hacia la fuente de Salto del Agua porque me dio un montón de miedo. Y, aunque no lo creas, la niña empezó a perseguirme. Pues más miedo de cobarde me dio, para qué te digo mentiras, y más duro me eché a correr.

Yo creo que esa niña sí está bien loca, chiflada y demente, pues yo no le había hecho nada y ya me estaba persiguiendo como si quisiera matarme. Como siempre me amenazaba con que iba a ponerme los ojos morados y esas cosas, pues ahora se me hacía que eso era lo que estaba buscando. Cuando llegamos a la fuente, ya casi me alcanza, pero yo me puse a correr alrededor hasta que se detuvo ella primero y luego yo hice lo mismo.

—¿Por qué corres, eh? —me gritó bien enojada.

—¿Y tú por qué me persigues, eh? —le respondí, todo rojo y jalando aire porque así me pongo, todo rojo, cuando me esfuerzo tanto.

—¡Pero ya te dije que tú por qué corres!

—¡Y yo ya te dije que por qué me persigues!

Ella estaba recargada en la fuente. Yo me senté porque otra vez creí que vomitaría el corazón, la panza y todo el relleno. Así estuvimos un ratito, hasta que ella se sentó a mi lado. Por precaución, me recorrí un poco porque temí que me quisiera ahorcar.

—¿Y tu novia? —me preguntó.

—Bien, gracias.

—¿Todavía es tu novia?

—Claro.

—¿Cuándo la viste?

—Ayer.

—Mentiroso.

—No soy mentiroso. Te digo que la vi ayer.

—¿Y le diste un beso?

—¡Le di como mil besos! —le grité. Y como ya me había repuesto, me levanté y me eché a correr otra vez de regreso a la plaza. Y ella, detrás de mí.

Cuando llegamos, mis amigos ya no estaban jugando futbol, sino en la tienda de la viejita comprando golosinas. Yo me tiré en el pastito. Entonces la niña que se llama Luzcle se agachó y me dio un jalón de pelos como si quisiera llevarme arrastrando hasta Chapultepec.

—Eso es por mentiroso, Pepino —dijo, y se fue a jugar con unas niñas.

Luego, mis amigos fueron a presumirme los dulces que se compraron y después ya no pasó nada. Pero te juro que en el mundo no hay nadie más loco, más chiflado, más demente y más orate (esta última palabra me la sopló mi papá) que esa niña a quien, seguro, no quieren ni en su casa.

Mi valiente Araña de Mar:

Ni te imaginas lo que nos pasó a Sancochón y a mí. Eso sí fue de mofletes. Ya ves que Quique Sancochón lleva varios días durmiendo en la iglesia de Regina porque le encargaron limpiar las paredes, los santos y todo. Lo castigaron por haber tomado cinco pesos prestados de las limosnas para jugarlos al rentoy. Y sí es cierto que fueron prestados porque los regresó después. Dice que con esos cinco se ganó otros 10 y se compró una boina muy bonita y unas botas militares de segunda mano. Pero lo agarraron de todos modos y tanto don Julián como el padre Raña estuvieron de acuerdo en que se merecía un "castigo ejemplar" (así dice mi papá cuando nos encierra en nuestro cuarto y no nos deja salir en todo el día mas que a hacer pipí). Por eso Sancochón ha estado durmiendo en la iglesia. Aunque a mí se me hace que lo dejan encerrado ahí para ver si así se le sale el chamuco y empieza a portarse bien, como dice mi mamá.

Pero bueno, te contaba que Sancochón se ha estado quedando a dormir en la capillita de los Medina Picazo desde hace como tres días. Y el lunes en la noche, oyó ruidos muy extraños que lo despertaron. Eran pasos.

Con todo el miedo del mundo, que se levanta para ver si alguien se había metido, ¡y ni te imaginas! ¡Vio que un fantasma sin cabeza caminaba por toda la iglesia! ¡Y no sólo estaba decapitado, tampoco tenía pies ni manos! Sólo veía flotar una camisola blanca. Sancochón dice que se regresó como de rayo a su petate en la capillita y se puso a rezar como mil padrenuestros porque le dio un montón de miedo. Cerró los ojos y se cubrió con su cobija, pues creía que el fantasma iba tras él. No pegó un ojo en toda la noche, esperando que el decapitado lo agarrara y le robara el alma. Pero no ocurrió nada. Cuando amaneció, el espectro ya se había ido. Al otro día en la tarde, cuando ya habíamos salido de la doctrina, nos platicó lo que le pasó.

—¡No seas maje, Sancochón! ¡En la iglesia no se aparecen espíritus! —dijo el Flaco, que es el que más se impresiona con esas cosas. Ponte a contar historias de miedo y es el primero en callarte.

—¿Y por qué no, eh? —lo cuestioné yo.

—Porque es un lugar santo y las almas en pena no van a los lugares santos porque todo el mundo sabe que son espíritus malditos del infierno.

Tenía lógica, eso ni negarlo.

—¡Pues tú dirás lo que quieras, Flaco, pero yo lo vi! ¡Será muy la iglesia y será muy lugar santo pero lo que yo vi era un fantasma!

Daba miedo nomás de oírlo hablar, porque Quique Sancochón no suele decir mentiras para hacerse el interesante.

—¿Y qué vas a hacer? Ya no vas a dormir ahí hoy, ¿o sí? —le preguntó el Jijo.

—Ni loco —dijo.

Pero no contaba con que don Julián no le iba a permitir regresar a su casa. Creía que Sancochón lo había inventado para dejar la iglesia y volver a su cama en El Dos de Oros. Y, para ser sinceros, cualquiera hubiera creído eso. Esa misma tarde, Quique Sancochón vino a visitarme a mi casa. En cuanto mi abuelita lo pasó a mi recámara me dijo:

—¡Pepino, déjame quedarme a dormir aquí contigo! ¡Estoy seguro de que el fantasma viene esta noche por mí!

—No puedo, Sancochón. Mi papá no me deja.

Y es cierto. A mi papá no le gusta que invitemos a dormir a nuestros amigos porque a veces se anda paseando en calzones por toda la casa, y más cuando hace calor.

—¡Seguro que el espectro quiere mi cabeza, Pepino!

Me dio mucho terror. Sobre todo por lo que dijo después:

—¡Acompáñame, Pepino! ¡No quiero dormir ahí yo solo!

Es cierto que Quique Sancochón es mi amigo, pero también es cierto que a veces no soy tan valiente como quisiera, mi valiente Araña de Mar.

—No puedo, Sancochón. Tengo que hacer la tarea de gramática que me dejaron y es un montón.

Mentira, ni era tanta. Pero si el espectro quería una cabeza, mejor que fuera la de Quique Sancochón y no la mía.

Se fue todo angustiado; hasta se le olvidaron las tortillas de harina que le había envuelto mi abuelita para que merendara con los padres. Lo más que pude hacer por él fue rezar el Ángel de mi guarda pero como si le hablara al ángel de la guarda de Sancochón, así: "Ángel de su guarda, dulce compañía, no lo desampares...", mientras me imaginaba una horripilante escena: El padre Mier entraba al salón de clases con la mirada triste y las manos entrelazadas. "Muchachos, les tengo una terrible noticia. Esta mañana encontraron el cuerpo decapitado de Quique Sancochón en el portón de la iglesia de Regina. Oremos por su alma y por que los gendarmes encuentren su cabeza".

La verdad, no dormí muy bien que digamos. Y al día siguiente, es decir, ayer, no se hablaba de otra cosa en el colegio. Por eso, en la tarde, corrimos a buscar a Sancochón a la plaza. Para mi descanso, ahí estaba, con cabeza y todo, aunque no se le veía muy bien. Estaba pálido, más que Ordiales, que ya ves que es blanco como un pañuelo.

—¿Qué pasó? ¿Volvió a aparecerse? —le preguntó el Jijo.

Sancochón asintió sin decir nada. El Pecas se puso a llorar y no quiso escuchar, prefirió irse corriendo a su casa. Yo creía que el más espantado era el Flaco, pero, como ves, no fue así. La plaza estaba llena de niños y niñas en espera del relato de Sancochón. Ahí nos contó que, en realidad, no se trataba de un decapitado. Lo había descubierto cuando estaba rezando lo que se sabe de la misa en latín (como le ayuda a los padres, ya se ha aprendido muchas cosas) y volvió a oír los pasos. Dice que, a pesar de que le dio mucho miedo, se atrevió a asomarse otra vez. Como la otra noche, se apareció la misma camisola flotando en el aire. Entonces, recordó que alguna vez le habían dicho que los fantasmas le temen a la luz, por eso sólo se aparecen en la noche, así que prendió su vela y volvió a asomarse.

—¿Y se desapareció? —preguntó el Jijo.

—No, al contrario. Pude verlo bien.

—¿¡Y qué viste!? —preguntamos todos al mismo tiempo.

Creímos que Sancochón iba a decirnos que había visto el cadavérico cráneo, los ojos muertos, las manos huesudas, los pies esqueléticos...

—No es un decapitado. Es un negro.

—¿Un negro? ¿Cómo un negro? —dijo Ordiales.

—Sí, un negro. Por eso en la oscuridad no se le veían ni la cabeza ni las manos ni los pies.

Y yo, de metepatas, dije:

—¡Uuuh, pues así qué chiste!

Todos se me quedaron viendo. El Sancochón volvió a hablar.

—¿Cómo que "pues así qué chiste"? ¡Será un negro, pero igual es un alma en pena!

La verdad, metí la pata. Hablé de puros nervios porque ya estaba bien espantado. Hasta una pierna me había empezado a bailotear.

—Bueno, quise decir que es mejor un fantasma negro que uno sin cabeza.

—Pues si te parece tan poca cosa, ¿por qué no me acompañas hoy?

—No puedo, tenemos mucha tarea de gramática, ¿verdad, Flaco?

—Si tú lo dices, Pepino —me solapó el Flaco.

—¡Cuál tarea! ¡Lo que pasa es que tienes miedo! —me insistió Quique Sancochón.

—No me da miedo, pero no se me da la gana.

—Yo creo que sí te da miedo —dijo Begoñita.

A veces no sé cómo le hago para terminar siempre haciendo lo que no quiero hacer. Dieron las 10 de la noche y le pedí a Felipe que me ayudara a escaparme por el balcón con una cuerda llena de nudos que hicimos juntos. Me apoyó porque yo también lo he ayudado en otras ocasiones a escaparse y a fingir con mis papás que está bien dormido en su cama. Nada más me hizo prometerle que no iba a meterme a una pulquería o algo.

Llegué a la iglesia y llamé al portón. Como de rayo, Quique Sancochón me abrió; yo creo que estaba esperándome ahí pegado. Nos sentamos encima de su petatito y me convidó leche y pan.

—¿A qué hora se aparece el muerto? —le pregunté.

—Como a las 12 de la noche.

Yo sólo me he quedado despierto hasta las 12 de la noche en Navidad y en año nuevo, y por eso me ganó el sueño, aunque Sancochón se quedó leyendo historietas de Ranilla porque no podía pegar el ojo.

Como a las 12, me despertó.

—Pepino... Pepino... mira, ahí está.

Te lo juro, sentí que iba a hacerme pipí. En cuanto me asomé afuera de la capillita vi que era cierto, que sí se trataba de un espectro. Era un negro grandote y con un camisón blanco, que estaba de pie mirando el altar mayor con una extraña sonrisa en la cara.

—¿Y si le hablamos? —le dije a Sancochón en voz bajita. Ya me bailaba la pierna.

—No sé. Yo creo que mejor no.

Porque la verdad es que, para ser un espíritu, se veía muy de bulto. Hubieras jurado que podías tocarlo si te lo proponías.

—¿Y qué hace? —volví a preguntar.

—Siempre se queda ahí parado, viendo todo sin hacer nada. Creo que reza.

—Yo creo que apuñaló a alguien aquí en la iglesia y por eso todas las noches vuelve a rezar por su alma y la de su víctima, que arden en el infierno.

En cuanto dije esto, los ojos del negro se dirigieron hacia nosotros. Ahora sí se nos erizaron los cabellos, porque no sé qué cosa dijo en una lengua que parecía como del diablo; era como el latín, pero al revés. Y caminó hacia nosotros. Horror de horrores. Nos pusimos a gritar y a correr por todos lados. Y como se nos apagó la vela, pues hubo más gritos y escándalo. Yo no veía si el espectro venía atrás de nosotros, pero no dejaba de correr ni de gritar porque ya sentía su maléfico aliento en mi nuca. Y el Sancochón, lo mismo. Así estuvimos hasta que nos sorprendió la luz de la iglesia, que se encendió de improviso.

—¡Qué pasa aquí! ¡Qué pasa aquí!

Era el padre Raña, seguido del padre Martínez, los dos en piyama. Nos encontraron enconchados en una esquina, detrás de una alcancía de las limosnas, abrazados. El negro seguía a mitad de la iglesia hablando en su horrible lengua.

—¿Qué haces aquí, Pepino? ¿Qué sucede, Quique?

Nos sorprendía que al padre no le espantara el espíritu. A lo mejor no podía verlo. Algunos dicen que sólo los niños y los animales pueden ver a los fantasmas. Por eso Sancochón, aún temblando, lo señaló con una mano.

—Padre... e... el... espíritu...

—¿De qué espíritu hablas, tunante?

Luego se acercó al negro y le habló en su lengua. Conversaron un ratito y luego el negro nos hizo un resignado gesto de despedida y salió por la sacristía. Eso ya estaba muy raro para ser cosa de espectros. Quique y yo dejamos de abrazarnos y abandonamos la esquina en la que estábamos escondidos. Yo ya presentía que habíamos metido la pata otra vez e iban a tocarnos varios coscorrones y jalones de orejas por burros.

—Se trata de un enfermo del hospital, muchachos —dijo el padre Raña—. Se disculpó conmigo por entrar a la iglesia sin avisar. Dice que les había pedido permiso a las hermanas de venir a decir sus oraciones. Es haitiano y no habla español.

Lo único bueno fue que a los padres les dio tanta risa que no nos regañaron. Y me dejaron regresar solo a mi casa, que si no, ahorita estaría encerrado en una mazmorra llena de ratas y cucarachas por salirme en la noche de mi casa sin permiso.

HOLA, YO ME LLAMO PEPINO GARCÍA,
¿QUIERES IR AL CINE CONMIGO?

HOLA, YO ME LLAMO PEPINO GARCÍA,
¿QUIERES IR AL KINE CONMIGO?

HOLA, YO ME LLAMO PEPINO GARCÍA,
¿QUIERES IR AL CINE CONMIGO?

HOLA, YO ME LLAMO PEPINO GARCÍA,
¿QUIERES IR AL CINE CONMIGO?

HOLA, YO ME LLAMO PEPINO GARCÍA,
¿QUIERES IR AL CINE CONMIGO?

HOLA, YO ME LLAMO PEPINO GARCÍA,
¿QUIERES IR AL CINE CONMIGO?

HOLA YO ME LLAMO PEPINO GARCÍA,
¿QUIERES IR AL CINE CONMIGO?

HOLA, YO ME LLAMO PEPINO GARCÍA,
¿QUIERES IR AL CINE CONMIGO?

Déjame contarte lo que pasó hoy en la tarde, porque no sé si sentirme contento o triste. Ya ves que estuve practicando en mi libreta lo que pensaba decirle a Lady Mariana cuando juntara un peso con mis domingos para poder invitarla al cine, a tomar una nieve y darle un regalo. Pues ayer terminé de juntar el peso y hoy me animé a invitarla. Yo quería llevarla al box, pero Felipe me dijo que no fuera bestia. (Así me dijo: "¡No seas bestia, Pepino! ¡Cómo al box!".) La verdad, no sé por qué lo dice si él también prefiere el box al cine, pero mejor le hice caso porque él sí ha tenido novia y a lo mejor sabe de lo que habla.

Le pedí al Flaco que me acompañara al Colegio Francés a esperar a que Lady Mariana, que en realidad se llama Berthita Peñaloza, saliera de clases para poder preguntarle, antes de que llegara su mamá por ella, si quería ir al cine conmigo. El Flaco no quería acompañarme porque la niña pelirroja que le puso las flores de sombrero todavía lo molesta cuando lo ve en misa. Dice que lo amenaza con el puño cerrado. Al final aceptó porque le prometí jugar al Tigre de la Malasia y dejarlo ser Sandokan.

La verdad, yo iba muy nervioso. Las manos me sudaban mucho y eso que no llevaba flores ni nada. (Pero conste que sí me peiné con limón, me puse el chalequito y me eché tantito perfume de mi papá.) Y te digo que iba muy nervioso porque, a pesar de que me puse a repetir lo que iba a decirle a Lady Mariana en mi libreta (porque, según mi papá, así no se olvidan las cosas), cuando caminábamos hacia allá, sentía que otra vez se me iba a olvidar hasta el español castellano.

Llegamos a tiempo a la escuela porque aún no tocaban la campana para anunciar la hora de la salida. Las manos me seguían sudando, y el Flaco sólo decía que, si veía a la niña pelirroja, se iba a ir sin despedirse. Valiente camarada. Cuando sonó la campana y empezaron a salir las alumnas, el corazón empezó a latirme más fuerte que cuando aquel negro nos correteó a Quique Sancochón y a mí la semana pasada. Y volví a repetir lo que iba a decir para no olvidarlo: "Hola, yo me llamo Pepino García, ¿quieres ir al cine conmigo? Hola, yo me llamo Pepino García, ¿quieres ir al cine conmigo? Hola, yo me..."

Entonces la vi salir junto con sus amigas. Y me quedé petrificado. No me moví ni nada. Hasta el Flaco se dio cuenta.

—¿Qué te pasa, Pepino? ¡Ahí está! ¡Ve y dile!

Quise decirle que sí, que ya la había visto y todo, pero no me salieron las palabras. Ni me obedecieron la lengua ni la boca ni las piernas.

—Vaya bobo que eres. ¡Anda! —dijo el Flaco, y me empujó.

Estaba visto que el Flaco no iba a permitir que me quedara ahí parado como un tonto. Así que me siguió empujando hasta que llegamos con ella. En cuanto estuvimos frente a frente, creí que otra vez se me iba a olvidar el español castellano, pero es cierto que sirve repetir las cosas muchas veces.

—Hol,yomllamoPepnoGarcía,¿quicrsiralcinecn migo?

Lo malo fue que lo dije muy rápido y nadie entendió nada.

—¿Qué? —dijo ella, igual que la primera vez que nos conocimos.

—Vaya bobo, Pepino. ¡Habla bien! —me regañó el Flaco, que no dejaba de mirar en todas direcciones por si salía la niña pelirroja.

Me di valor y lo repetí, procurando no regarla.

—Hola, yo me llamo Pepino García. ¿Quieres ir al cine conmigo?

Ahora sí se entendió bien porque las amigas de Lady Mariana le hicieron burla, aunque ella sólo dijo:

—¿Pepino? ¿En serio te llamas así?

—Así le decimos —dijo el Flaco—, pero se llama José.

—Ah. ¿Y qué dices? ¿Que si quiero qué?

—Que si quieres ir al cine con él —volvió a intervenir el Flaco.

—¡Yo puedo decírselo, Flaco! —refunfuñé.

—Pues díselo entonces.

No sabes cómo es que te miren tan cerquita unos ojos azules como los de Lady Mariana, mi valiente Araña de Mar. De veras quise decírselo otra vez, pero no pude.

—¿Bueno, quieres o no que te acompañe al cine?

—Sí —al menos eso sí pude responderle. Tal vez porque es una palabra chiquita.

Entonces se repitió la historia. Una de las monjitas la llamó a gritos y ella, sin despedirse ni nada, se echó a correr hacia donde estaba su mamá, que también es muy guapa, pero no tanto como ella, que conste.

—Vámonos, Pepino —me dijo el Flaco—. Ahí está la niña pelirroja.

—Espérate, Flaco. No me respondió.

—¿Y yo qué culpa tengo? ¡Vámonos!

Por eso te digo que no sé si estar contento o triste. Le pregunté a Felipe y él asegura que ella iba a decirme que sí pero, la verdad, quién sabe. Ahora tendré que esperarme hasta el lunes para ir a buscarla otra vez. Y sí me da coraje porque voy a tener que aguantarme todo el fin de semana para no gastar nada del peso que junté. ¡Tornillos y catrinas!

Mi mamá volvió a darme de nalgadas injustamente. No es mi culpa que la rana que traje de la excursión que hicimos ayer a Balbuena se haya metido en el bote de los frijoles. Ni es mi culpa que las ranas tengan patas para brincar; ni modo que yo le haya dicho a la rana "Ve y métete en el bote de los frijoles". Es más, a mi mamá le consta que yo tampoco sabía dónde andaba.

—Mamá, ¿no viste mi rana? —le pregunté cuando regresó de su té de los lunes con otras señoras del barrio.

—¿Rana? ¿Cuál rana?

—La que traje ayer de Balbuena.

—¡Anda, escuincle descarado! ¿Quién te dio permiso de meter una rana a esta casa, eh, Pepino? ¿Se puede saber?

La verdad, yo no sabía que necesitaba permiso. Mi abuelita no le pidió permiso a nadie para traer a su loro Ciriaco, y nadie le dijo nada.

—A nadie, pero...

—¡Pero nada! ¡Y no quiero bichos asquerosos en esta casa, Pepino!

Yo creo que se le olvidó mi pregunta inicial, que era si no había visto a mi rana, porque se quitó el sombrero y sus zapatos; luego se puso el delantal, prendió el brasero y agarró el bote de los frijoles, que estaba abierto encima de la mesita de la cocina...

Según yo, el grito se oyó hasta Balbuena o más lejos. Hasta Europa.

—¡Aaaaaaaaaaaaahhhhhhh! ¡Pepino del demonio, ven para acá!

Tú sabes que, cuando tu mamá te grita así, no te conviene ir para allá; al contrario, hay que correr hacia el otro lado. Ya había sacado la cuerda que hicimos Felipe y yo, para poder descolgarme del balcón de nuestro cuarto, cuando mi mamá me agarró de los pelos. Lástima, porque ya tenía una pierna encima del barandal y estaba a punto de huir.

—¡A ver, desobediente! ¡Ve a sacar ese bicho asqueroso de mi cocina, anda!

Y después de propinarme cinco nalgadas bien dadas, que me avienta a la cocina. Era una rana bien bonita, mi valiente Araña de Mar. Lástima. La saqué del bote de los frijoles y que me echo a correr a la calle. Mi mamá todavía estaba en el barandalito de mi cuarto cuando corrí para la plaza.

—¡Y vas a ver cuando regreses, Pepino del demonio!

—¡No voy a volver nunca de los jamases! ¡Me voy al norte con mi General Villa!

Cuando llegué a Tampico News, el señor Fregoso estaba comiéndose una rebanada de pastel encima del mostrador. Pensé que yo no podía tener mejor suerte.

—Hola, señor Fregoso.

—Hola, Pepino.

—Si me convida pastel, le regalo mi rana.

—Hecho.

Imposible tener mejor suerte. Le había encontrado una casa a mi rana y, además, me iban a convidar pastel. ¡De mofletes!

Me arrimó un banco patón y me ayudó a subir porque yo no alcanzaba el asiento. Le di la rana y él la puso debajo de su sombrero. Mientras nos comíamos el pastel, vi que detrás del mostrador había varias fotos daguerre, unas de él y su esposa más jóvenes, otras de sus hijos de chicos y de grandes y algunas más de él mismo a caballo.

—Yo tengo una foto del presidente Madero y otra de mi General Villa, que acabo de comprar. También una de una locomotora, que está bien mofletes, señor Fregoso.

—Qué envidia, Pepino. Yo sólo tengo esas pocas.

—Estoy coleccionando fotos. Y cuando sea grande, voy a tener como mil.

—Qué bien. Las fotos son buenas, Pepino.

Recordé que a mi mamá no le gustaban mis fotos, en cambio al señor Fregoso...

—¿Por qué son buenas las fotos, señor Fregoso? ¿Me da más pastel?

—Claro. Toma del mío.

No me respondió lo de las fotos, pero no me importó porque me obsequió casi toda su rebanada. Se me quedó viendo con una sonrisa rara y dijo:

—¿Te acuerdas de cuánta hambre hubo en la ciudad el año pasado?

¡Claro que me acordaba! Fue horrible. En todo San Miguel, y en toda la capital, no encontrabas qué comprar ni qué comer por culpa de la guerra. Sobrevivimos casi de puro pan de centeno y café aguado. Para poder comprar un poco de carbón o de tortillas había que hacer largas colas. Mi mamá casi siempre estaba preocupada porque era muy difícil encontrar leche para Quico. También me acuerdo de la vez que se armó la gorda enfrente de una tienda y, de tanta hambre y desesperación, la gente se metió a robarle al tendero sus víveres. Se puso muy feo. Hasta hubo balazos. Yo vi todo de la mano de mi papá, que no se atrevió a entrar a la tienda a robar. Me acuerdo que me apretaba la mano fuerte. Bien fuerte.

—Sí que me acuerdo, señor Fregoso —respondí.

—Todo cabe en la memoria. Y es bueno recordar las cosas. Pero es más bueno que todo eso ya haya pasado. ¿No crees, Pepino?

—¡Claro! —contesté feliz, porque me imaginé que lo decía por el pastel que compartíamos en ese momento—. ¡Qué buena pastelera es su esposa, señor Fregoso!

Sí que lo era. Pero entonces, vi a la distancia a mi papá, que se estaba lustrando los zapatos en la esquina y, en cuanto terminé mi pastel, corrí hacia allá. Sabía que si regresaba a la casa con él, mi mamá ya no me iba a dar de nalgadas, sino que iba a quejarse con mi papá y él me mandaría a llenar planas en mi libreta, que es lo que ya ves que estoy haciendo ahorita.

Mi valiente Kili-Dalú:

¿A poco no ese nombre también está de mofletes?
Pues te cuento que hoy estuve en la casa del Flaco
y pasó una cosa bien emocionante. Bueno, primero
te platico que aquí estaba mi tío Simón, que a veces
viene a tomarse un café con mis papás, aprovechan-
do que Felipe y el Pollo le ayudan en su papelería. A
Quico y a mí nos trajo una lotería y un juego de la
oca de dos centavos. Siempre que viene nos trae algo
y por eso lo queremos tanto. Bueno, no solamente,
pero también por eso, que conste.

Pues Quico y yo estábamos jugando a la oca (aunque eso es mucho decir, porque la verdad Quico ni
juega, más bien se mete todo a la boca y a cada rato
tenía que sacarle el dado de la boca) cuando llegó el

Flaco. Mi tío le regaló a mi amigo un calendario de su papelería, muy bonito, de 1917. Y a Quico y a mí nos prometió regalarnos, al final del año, uno igual para nuestros cuartos (aunque Quico en realidad duerme con mi abuelita) para que, cuando empiece el año que entra, es decir, 1917, podamos arrancarle una hojita cada día.

Mis papás me dejaron salir con el Flaco. Yo creí que íbamos a ir a jugar a la plaza, pero me pidió que lo acompañara a su casa. Y ni te imaginas por qué.

—¿Quieres jugar a los soldados, Flaco? —le pregunté, porque ya ves que es lo mejor que puedes jugar en casa del Flaco. Tiene como un millón de soldados de plomo y puedes hacer ejércitos tan grandes que ni caben en su cuarto.

—No. Quiero que conozcas a un señor.

—¿A un señor? ¿Y para qué?

Pero no me respondió. Se fue corriendo hasta su casa. Y yo tras él.

—¿Qué te pasa, Flaco? —le volví a preguntar en cuanto llegamos—. ¿Por qué quieres que conozca a ese señor?

—Por una cosa. Ahora verás.

Llamó a la puerta y nos abrió su nana Cande.

—Pasen muchachos —dijo. Se veía muy normal, así que no pude adivinar todavía qué se traía el Flaco. De todas maneras, me condujo al comedor, en donde estaban su mamá, su tía Amelia y el señor que el Flaco quería que yo conociera.

—Hola, Pepino —dijo la señora Betancourt, la mamá del Flaco—. Mira, Higinio. Éste es un amigo de mi hijo.

El señor, con una gran sonrisa, me extendió su flaca mano.

—Es un placer, Pepino.

Los tres grandes tomaban un tecito, y yo no entendí qué le preocupaba al Flaco.

—Vayan a jugar allá arriba, Eduardo —le dijo al Flaco su mamá. Él y yo nos fuimos corriendo a su cuarto. En cuanto entramos, él cerró la puerta de golpe.

—¿Viste? ¿Viste?

—¿Vi qué, Flaco? Yo no vi nada.

—¡Es él! ¡Es el jefe de la Banda del Automóvil Gris!

—¿El qué? ¿Cómo sabes?

Entonces sacó un ejemplar de *El Sol*, el mismo periódico que lee mi papá. Era un ejemplar del año pasado. Y venía la noticia de cuando capturaron a toda la Banda. Pero como no atraparon al jefe, venía un retrato de su bigotona cara. Entonces entendí la preocupación del Flaco: el ladrón se llamaba Higinio Granda, igual que el amigo de su mamá.

—¿A poco nada más porque se llaman igual?

—¡También se parecen! ¡Imagínatelo con bigote!

Pero era muy difícil imaginarme al amigo de su mamá con bigote, si nada más lo había visto una vez, y muy de pasadita.

—Además hay otra cosa, Pepino —dijo el Flaco, muy serio.

—¿Cuál?

—Es un *plazer*, Pepino —imitó la voz del hombre con la lengua entre los dientes al pronunciar la *c* de "placer", que sonó *plazer*, como hablan los españoles. Nosotros lo sabemos bien porque el padre Martínez y varios padres del colegio son españoles, al igual que el papá del Jijo y puede decirse que también el Jijo. Entonces señaló con su dedo el periódico para mostrarme donde decía que el tal Higinio Granda era asturiano.

Demasiadas coincidencias. Era cierto. Por eso le di la razón al Flaco:

—¡Tornillos y catrinas! ¡El jefe de la Banda del Automóvil Gris!

El Flaco se puso todavía más nervioso.

—¿Y si nos asalta ahorita mismo? ¿Y si trae pistola? ¡Tal vez hasta nos mate!

En ese momento, el Flaco me cayó pesado. Si el criminal hacía de las suyas, estaba yo ahí metido gracias al Flaco, que te digo que a veces es más traidor que un cochino traidor. Pero tampoco había que perder la calma por eso.

—Oye, Flaco, ¿y si nos salimos y nos aventamos por la ventana?

—No, Pepino. Está muy alto. Vamos a rompernos una pata.

—¡Pero hay que avisarle a algún gendarme!

—¡Pero si nos ponemos a gritar desde aquí pidiendo auxilio, el criminal va a subir y nos va a meter de tiros!

—¡Ya sé! ¡Llamemos por teléfono!

—¡Eso! ¡No es mala idea!

A veces hasta yo me sorprendo de las ideas tan buenas que tengo, mi valiente Kili-Dalú. Y eso que yo no tengo teléfono ni nada en mi casa. El problema era llegar al teléfono, que está en la sala. Y pucs date cuenta de que el comedor, es decir, donde Higinio Granda, la señora Betancourt y su hermana estaban tomando su tecito, se encuentra a un lado de la sala. "Ya se puso buena la película", como dice Felipe cuando le emociona algún capítulo de los que vemos en el cinematógrafo.

—¿Cómo le hacemos para que no vea que damos aviso a los gendarmes? —le pregunté al Flaco.

—No sé —contestó. A veces, cuando el Flaco está en apuros, como que pierde la cabeza y no piensa nada; el cerebro se le va de vacaciones o algo.

Yo tampoco sabía cómo hacerle, pero sí sabía que debíamos actuar rápido.

—Vámonos como culebras —sugerí lo primero que se me ocurrió.

No teníamos opción. Así que bajamos las escaleras como culebras hasta el piso inferior. Nos encontramos a la nana Cande que subía una cesta de sábanas.

—Mis niños, se van a hacer daño. Mejor jueguen a otra cosa.

Lo bueno fue que traía las manos ocupadas, de lo contrario, nos habría agarrado a los dos con una mano y nos habría puesto en pie. Pasó de largo y nosotros llegamos por fin a la sala. Según nosotros, nadie podía vernos porque estábamos a ras del suelo. En ese momento, la mamá del Flaco y el ratero hablaban de dinero. No teníamos tiempo que perder, pues el ladrón podía dejar al Flaco y a su mamá en los puros calzones para siempre y por toda la eternidad. Entonces, el Flaco se arrastró a la mesita del teléfono y, de espaldas al suelo, alargó la mano para alcanzarlo.

—¿Adónde quieres hablar, Eduardo?

¡Tornillos y catrinas! ¡Qué fácil nos agarraron! En cuanto nos levantamos del suelo, no pude quitarle la vista al bandido para ver si podía imaginármelo con bigotes.

—A ningún lado, mamá. Estábamos jugando a las culebras —explicó el Flaco.

—¿Y para qué necesita una culebra hablar por teléfono? —preguntó Higinio Granda, divertido. Se creía muy listo el maldito.

—No, Flaco. Estábamos jugando a los espías.

—Cierto, a los espías.

Pero yo creo que Higinio Granda adivinó que corría un gran peligro porque aprovechó ese momento para despedirse. (Los maleantes tienen un sexto sentido para darse cuenta de cuándo tienen que salir corriendo, y éste más, porque ya se había escapado varias veces de la cárcel de Belén.) Se acercó a nosotros y me volvió a decir "Fue un *plazer*, Pepino" cuando me dio la mano, el muy pillo.

En cuanto las dos señoras Betancourt volvieron a la casa después de despedir al hombre, el Flaco y yo nos atropellábamos uno a otro para decirles que ese señor era el jefe de la Banda del Automóvil Gris y que debíamos avisar al gendarme Pacheco y todo.

—¡Qué tonterías dicen, niños! —exclamó la mamá del Flaco—. Ese señor es un asturiano muy respetable que acaba de llegar de la madre patria.

Y se subió a su recámara silbando la tonadita de *Las bicicletas* que toca la orquesta de los rurales en Chapultepec. O como quien dice, nos hizo burla.

—Flaco —le dije a mi amigo—. Estamos solos en esto. La próxima vez que ese delincuente venga a tu casa, vas por mí y avisamos a los gendarmes.

—¡Hecho! —dijo. Y sellamos el pacto: cada quien escupió en su propia mano y nos dimos un apretón.

Así que ya lo sabes, mi valiente Kili-Dalú. Pronto habremos de entregar en las manos de la justicia a ese sucio malandrín. Entonces nos haremos muy famosos y saldremos en los periódicos de todo el país y de todo el mundo.

Te cuento que hoy me dio mucho miedo porque mi mamá me mandó por la leche al establo de aquí de Mesones, porque el señor Estrada, que es el señor que nos trae la leche, lleva varios días enfermo. Pero me levantó bien temprano (todavía ni siquiera salía el sol), según ella, para que no me tocara hacer cola. Entonces, cuando salí a la calle, estaba tan oscuro que me acordé de la historia del fantasma del Callejón de Tizapán que cuenta el Pecas. Según él, si pasas por ese callejón, te encuentras un hombre encapuchado que te pregunta la hora, y si tú se la das, él te responde que es la hora de tu muerte y te muestra su cara de calavera para que te mueras del susto. Aunque nosotros vivimos lejos de ese callejón, de todos modos me dio miedo. A lo mejor porque había tantita niebla. Me regresé y le dije a mi mamá:

—Mamá, que me acompañe Felipe, por favor. Ya me dio miedo.

Pero lo malo es que Felipe había llegado bien noche. Le había estado ayudando a mi tío Simón con sus cuentas hasta las 12 de la noche, y mi mamá quería que descansara. A mí nunca me consiente así, porque yo no trabajo como mi hermano y sólo voy al colegio. El día que trabaje voy a hacer lo que yo quiera, me voy a levantar a la hora que quiera y siempre voy a desayunar churros con chocolate.

—No te hagas el chistoso, Pepino. Anda. Son unas cuantas cuadras.

—Es que está muy oscuro, mamá.

—¡Así que ahora, de pronto, te da miedo salir de noche, escuincle descarado, cuando todos los días pasan de las nueve y yo me desgañito gritándote que ya te metas a la casa, precisamente porque ya está muy oscuro!

A veces las mamás pueden ser las más inhumanas y las más crueles y las más despiadadas. Por eso Sandokan se fue a una isla para que nadie lo mandara, nunca jamás, a hacer mandados. Estoy seguro.

Regresé a la calle y volví a pensar en el muerto que te pregunta la hora. Seguro sentí más miedo por una pesadilla que había tenido en la noche. Berthita Peñaloza y yo estábamos sentados en mi casa tomados de las manos. Ella me miraba, me sonreía y me hacía ojitos. En ese momento, yo le decía a Quico: "Quico, vete a ver pasar los patos". Y, como es su costumbre, Quico no me obedecía ni porque soy su hermano mayor. Entonces le volvía a decir y él no se iba. Y yo tenía que disculparme con Lady Mariana, agarrar a Quico de los pelos y echarlo de la casa. Entonces, cuando volvía junto a Berthita Peñaloza, en vez de ella había un duende bien feo, chimuelo y con los ojos de sapo (igualito a uno de trapo que tenía Felipe cuando éramos más niños y que usaba para espantarme). Me desperté como de rayo todo sudoroso. Tal vez por eso la calle me daba más miedo.

Y más miedo me dio cuando tuve que atravesar la plaza, porque ya ves que ahí duermen Martinete y la Bruja, con todo y perros. En cuanto los perros me vieron se me acercaron todos juntos. Me sentí bien nervioso y me puse a rezar.

—San Jorge bendito amarra tus animalitos con un cordón bendito. San Jorge bendito amarra tus animalitos con un cordón bendito. San Jorge bendito amarra tus...

Se me pegaron un montón los chuchos (así les dice mi abuelita a los perros y se oye bien chistoso) y todos me olisqueaban. Hasta eso no me gruñían ni nada, pero yo no dejaba de temblar. Entonces vi a la Bruja, sentada en su banquita de la plaza, mirándome con sus ojos de bruja. Pensé que sería el último día de mi vida, te lo juro, Kili-Dalú, porque empezó a hacerme señas para que me acercara. Y yo pensé: "Si no me acerco, en cuanto le dé la espalda va a convertirme en perro". Así que me acerqué. Y los perros, detrás de mí, movían la cola. Seguro que, como alguna vez fueron niños, yo les caí bien porque todavía era niño.

Entonces vi que la bruja, ya de cerca, no estaba tan fea, aunque sí estaba bien cochina y bien greñuda y olía bien feo. Entonces, que me sonríe con su sonrisa de bruja de un solo diente. Sacó un caramelo de entre sus ropas gastadas y que me lo regala.

—Para ti, Pepino —dijo.

Me dio un miedo horripilante porque yo sabía que, si me lo comía, iba a pasarme lo que a Blancanieves, nada más que yo no iba a morirme, sino que iba a empezar a salirme pelo por todos lados y en vez de hablar, iba a empezar a ladrar y a hacer pipí en cada árbol del barrio. Además, yo no sabía que la Bruja me conocía por mi nombre. Sentí un horror bien horroroso.

—Gracias —le dije. Y que me echo a correr hacia el establo. Algunos perros me siguieron durante un ratito moviendo la cola, pero después se regresaron a la plaza. Cuando llegué al establo, sólo estaba el señor lechero.

—Hola, Pepino. ¿Por qué vienes tan agitado?

Ni modo de decirle que me acababa de salvar por los pelos de ser convertido en chucho. Pero sí se me ocurrió una idea.

—¿Me vende dos litros? —le dije al momento de pasarle la cubetita—. ¡Ah!, y mi mamá le manda un dulcecito.

—Qué buen detalle de tu mamá. Voy a ponerte un pilón de medio litro.

Se metió el caramelo a la boca. Yo me tapé los ojos porque creí que la nariz se le alargaría, que le saldrían bigotes y colmillos, y que comenzaría a ladrar y a rascarse las pulgas.

—¿Qué pasa, Pepino? ¿Qué viste?

Pero no pasó nada. El señor lechero se veía como siempre. A lo mejor los caramelos de la Bruja no sirven mas que con niños. Me destapé los ojos, pagué la leche y me regresé a mi casa. Cuando volví a atravesar la plaza, la Bruja me sonrió desde lejos con su sonrisa de bruja. Y pensé que su gesto quería decir una sola cosa: "Ya caerás, Pepino. Todos caen. Tarde o temprano, todos caen".

Mi valiente Kili-Dalú:

Una cosa espeluznante. Mi propia madre me trai-
cionó y trajo al enemigo a casa. Resulta que invitó
a una amiga suya de Guanajuato a tomar el tecito.
Adivina de quién es mamá su amiga de Guanajuato. De la niña ésa que se llama Luzcle. Y ahorita ella
está allá afuera. Horripilante. Yo me acabo de ence-
rrar en mi cuarto y a lo mejor hasta me escapo por
la ventana.

—¡Pepino! ¡Sal a jugar con Luzcle!

Esto es lo que me acaba de gritar mi mamá, que
quiere tomarse el tecito con su amiga en paz. Y quiere que yo juegue mientras con la niña. Así que yo
le grito:

—¡Me siento mal de la panza! ¡No puedo sal...

Mi mamá no me dejó terminar de escribirte la frase que le había gritado, pues entró a mi cuarto como de rayo y me sacó de la camisa. Además, me amenazó con darme emulsión de Scott si no jugaba con Luzcle, si es que era cierto que me dolía la panza. Así que saqué la lotería que nos regaló mi tío Simón a Quico y a mí, y nos pusimos a jugar. Todo iba bien hasta que ella salió con el cuento de siempre:

—¿Y tu novia, Pepino?

La verdad, hace mucho que no veo a Lady Mariana porque ya ves que me gasté 50 centavos del peso que había juntado para invitarla a salir (me compré una foto daguerre de la actriz Pearl White, una gorra, un trenecito de madera y dos cajitas de confites). Entonces tuve que (¿cómo se dice cuando tienes que dejar las cosas para después? Ah, sí:) posponer nuestra cita. Pero ni modo de darle gusto a esa niña, Luzcle.

—Bien, gracias.

Milagrosamente, no me molestó ni nada. Así que seguimos jugando y te cuento que yo hice lotería antes que ella. Entonces se me ocurrió preguntarle:

—¿Y tu novio?

—Bien, gracias —respondió—. Se llama Alberto, tiene 13 años y es bien guapo y bien fuerte.

—No es cierto.

—Claro que es cierto.

—No es cierto, mentirosa.

—Sí es cierto. Vive en Alfaro. Si quieres, un día te llevo a conocerlo.

—No. A mí qué me importa.

Entonces ella empezó a ganar la lotería. Seguro hacía trampa porque ya no gané ni una sola vez, ni siquiera cuando me tocaba cantar las cartitas.

Entonces, que se me sale:

—¡Tornillos y catrinas! ¿¡Por qué no gano ni una!?

Se hizo silencio como de panteón, porque ya ves que nosotros estábamos jugando en la salita y mi mamá y la mamá de Luzcle estaban en el comedor.

—¿Qué dijiste, Pepino? —me preguntó mi mamá, bien seria.

—Nada, mamá.

—¿Cómo que nada? ¿Qué dijiste, condenado escuincle?

—Nada, mamá. De veras. Que por qué no gano ni una.

—Dijo "Tornillos y catrinas", señora —me acusó la niña ésa más pesada que 20 pianos.

Entonces que se pone de pie mi mamá. Y yo, que ya adivinaba la que me esperaba, también.

—¡Pepino del demonio! ¿Cuántas veces te he dicho que en esta casa no se dicen esas cosas? ¡No estamos en una pulquería!

Yo no sé por qué tanto escándalo si todos los chicos de San Miguel decimos "¡Tornillos y catrinas!". Se la aprendimos a Quique Sancochón, pero peor sería esa exclamación que empieza con *ch* y que, a veces, se le sale a mi papá cuando se agarra los dedos con la puerta. Pero ya te puedes imaginar que mi mamá empezó a perseguirme por toda la casa. Ni siquiera porque estaba su amiga de Guanajuato se contuvo. Hasta que no me agarró en mi cuarto y me propinó dos nalgadas bien dadas, las cosas volvieron a la normalidad. Bueno, casi, porque sí me hizo llorar y yo me quedé sin ganas de nada. Mucho menos de jugar a la lotería con la niña ésa más pesada que mil pianos. Me regresé a mi cuarto y por eso estoy escribiendo esto y...

La niña Luzcle se paró en la puerta y ahí estuvo un ratote sin decir nada, hasta que me empezó a molestar su presencia.

—¿Qué quieres? —le dije, tapando mi libreta.

—¿Te dolió mucho, Pepino? —me preguntó la niña ésa.

—A ti qué más te da.

Y así estuvo un ratote, ahí paradota, sin decir nada. Yo ni caso le hice y me puse a hacer corazones al final de mi libreta con mi nombre y el de Berthita Peñaloza, hasta que su mamá gritó:

—¡Despídete, Luz Clemencia! ¡Ya nos vamos!

Entonces ella dijo, de repente:

—Perdóname, Pepino.

Yo no le respondí ni nada. Seguí haciendo corazones cada vez más grandes. Volteé y ella ya se había ido. Es la niña más loca y más chiflada y más demente y más orate y más pesada que puedas conocer, Kili-Dalú. En San Miguel y en México y en América y en el mundo y en el universo, te lo juro.

Dicen que, en San Miguel, nadie es tan testarudo y tiene tan poca paciencia como el padre Raña, a quien una vez sorprendieron en el mercado del Volador metido en una pelea. (A partir de entonces, algunos impertinentes como mi tío Simón o el papá del Jijo le dicen "padre Riña", y otros, "padre Roña". Ja ja.) Tendrías que haberlo visto dando tortazos a diestra y siniestra a unos vendedores que se negaban a devolverle un cáliz que el padre juraba le habían robado de una valija, junto con otras cosas. Varios chicos del Colegio de Infantes andábamos por ahí y nos sumamos a la bola de gente que apoyaba al padre: "¡Péguele, padre! ¡No se deje! ¡Eso, padre! ¡Más duro, padre!". Al final, los vendedores terminaron en el suelo pidiendo paz y devolvieron el cáliz. Pero el padre, quien para eso se pinta solo, los llevó él mismo al hospital Béistegui a que les curaran los golpes. Además, es totalmente cierto que los visitaba todos los días para ver cómo seguían de sus heridas.

Pero lo que iba a contarte es que a lo mejor no es cierto que él sea tan terco ni tan necio como dicen. Hace rato, cuando mi abuelita y yo estábamos en misa, el padre estaba en la parte esa de *"Credo in unum Deum, Patrem omnipotentem"*, cuando una señora se puso a llorar, así, de la nada. Mi abuelita dijo "Jesús mil veces" porque a todos nos espantaron sus gemidos. Era la señora Mari Pereda. Y yo, como de rayo, supe por qué lloraba.

El padre detuvo la oración y se volteó. Después de un ratito, bajó las escaleritas del altar y fue a sentarse junto a ella, en la misma banca.

—¿Qué tienes, hija? ¿Es por Pascual?

—Sí, padre.

Pascual Pereda era el hijo de la señora Mari. El mismo año que vinieron Villa y Zapata a la ciudad, él se fue con ellos, porque decía que no iba a permitir que el país cayera otra vez en manos de gente como Victoriano Huerta. Pobre. Estaba muy chico cuando se fue, sólo tenía dos años más que Felipe. Pero era muy simpático y muy (¿cómo se dice?) idealista y soñador. Lo malo es que lo mataron como a los dos meses de haberse ido. Desde entonces, la señora

Pereda siempre anda de negro (igual que mi abuelita, pero ella por la muerte de mi abuelo, a quien yo ni conocí), y a cada rato la ves llorando.

—No sé cómo hacerle para olvidarlo, padre —dijo la señora Mari, desconsolada.

Yo pensé que era muy triste oír eso y a lo mejor también me hacía llorar como cuando el padre nos contaba en la doctrina la historia de Justo y Pastor, dos niños santos que murieron por ser muy buenos y no como nosotros que —según el padre— somos bien malos y vamos a irnos derechito al infierno.

—Pero ¿cómo? —contestó el padre, molesto (yo hasta creí que le iba a decir "tunante" como nos dice a nosotros los chicos)—. ¡No vuelvas a decir eso! Hija, precisamente lo que tú necesitas es recordarlo.

Se hizo un silencio como cuando en el colegio nos amenazan con dejarnos sin recreo si no nos callamos a la de ya.

—A Pascualito hay que recordarlo porque fue un gran muchacho. Eso ni dudarlo.

—Ay, padre. Pero es que cada vez que me acuerdo de él, se me rompe el corazón —replicó la señora Pereda.

Yo no dejaba de pensar en Justo y Pastor. En mi primo Lucindo, y en Pascual Pereda, que era bien bueno, no como el Flaco y el Jijo y Quique Sancochón y yo, que somos bien malos.

—Porque sólo te acuerdas de lo que te conviene —dijo, de pronto, el padre—. También te tienes que acordar de que ya no está con nosotros y que no hay nada que podamos hacer al respecto, excepto tenerlo en nuestra memoria. Tienes que acordarte de ti misma, levantarte y vivir todos los días. Tienes que acordarte de sonreír —entonces se puso de pie y nos habló a los demás—. Hijos míos, a todos nos ha tocado sufrir esta guerra. Pero solamente si no olvidamos lo ocurrido, podemos evitar que se repita. Y aunque duela, hay que recordar. Sólo recordando evitaremos perdernos a nosotros mismos y nuestra identidad.

Y se me ocurrió que yo, aunque estoy más chico, también quisiera olvidar un montón de cosas. Como cuando vi a los muertos del año 13 quemándose en la plaza de las Vizcaínas. Mi papá nos quiso tapar los ojos a Felipe y a mí esa vez que pasamos por ahí, pero no pudo evitar que miráramos. Los dos tuvimos pesadillas por muchas semanas. Cada vez que recuerdo el olor de la carne quemada y de los huesos humeantes, me vuelve a dar miedo. Tampoco quisiera acordarme de cuando el Flaco y yo vimos al viejito que atropelló el tranvía. Tenía una pierna partida en dos. Fue muy horrible.

—En la memoria caben, juntas, las cosas buenas y las malas —dijo el padre Raña mirándome a mí, como si pudiera leer en mi mente—. Y todo lo que nos ha pasado... también nos ha formado.

La señora Pereda ya no lloraba. Se respiraba un ambiente mucho más tranquilo. Yo repetí las frases en mi cabeza para no olvidarlas cuando las escribiera en mi libreta (que es ahorita, como ves). En la memoria caben lo bueno y lo malo, y sólo recordando no perdemos nuestra identidad, es decir, no nos perdemos a nosotros mismos. Todo lo que nos ha pasado también nos ha formado o, como quien dice, somos lo que somos por las cosas que nos pasan: ver un muerto quemándose y una fiesta de cumpleaños y los juegos en la escuela y que tu mamá te dé de cocos y todo todo todo.

De repente, dejé de pensar con tristeza en Justo, en Pastor, en mi primo Lucindo, en Pascualito. Sólo me acordé de ellos sin imaginar lo feo o lo bonito de sus historias. Nada más... acordándome.

El padre volvió al altar, se dio la vuelta y continuó rezando "*Patrem omnipotentem, factorem coeli et terrae, visibilium omnium...*"

Mi abuelita tomó mi mano y la apretó suavemente. Sentí calorcito por dentro.

Déjame contarte, mi valiente Kili-Dalú, que hace rato se armó la gorda en el cinematógrafo. Y me da pena admitir que fue mi culpa. Pero te platico bien cómo estuvo.

Los papás del Jijo nos invitaron a Felipe y a mí a ir al cine con toda su familia. Fue muy bonito detalle porque, en la mañana, fuimos todos juntos a Chapultepec a oír a la orquesta de rurales (dirigida por don Miguel Lerdo de Tejada, que también vive aquí en San Miguel). La verdad es que a los más chicos nos da gusto ir a Chapultepec, pero sólo cuando nos pagan un paseo en caballito o nos rentan una lancha para remar en el lago. Y esta vez nada más fuimos a oír a la orquesta, por eso íbamos un poco de malas, y Begoñita hasta gritó "¡Chocha!" un par de veces. Íbamos mis papás, Felipe, Quico y yo.

Y claro, los señores Meléndez y todos sus hijos. Como mi papá compró los sopecitos que nos comimos, el señor Meléndez nos invitó al cine. Pero mis papás ya tenían pensado visitar, en la tarde, a unos amigos suyos que viven en el pueblito de Mixcoac, así que nos dieron permiso a Felipe y a mí de acompañar a los Meléndez.

Desde un principio, fue mofletes porque los señores se quedaron en luneta y a los chicos nos mandaron a gayola, y ya ves que allí se echa más relajo. Hasta las hermanitas del Jijo estaban bien contentas. Íbamos a ver unos nuevos episodios de Max Linder y de Charlie Chaplin que la verdad son bien divertidos.

Pero antes de las películas, cuando todavía estaba tocando la marimba que ameniza, entraron a gayola unos fifís. Y que me dice el Jijo:

—Mira, Pepino. Unos fifís.

En San Miguel les decimos fifís a los riquillos. Y casi todo el mundo los molesta si se paran en el cine o en el box, porque van con unos aires tan aristócratas que no veas. Además, ellos fueron los únicos que no pasaron hambre el año pasado. Por eso Felipe se puso en pie y les dijo, de guasa:

—¡Paso a sus altezas reales!

Todos nos reímos. Menos ellos, claro. Eran tres muy catrines, que hasta iban de corbata, bastoncito y bombín. Un conocido de mi hermano, que estaba sentado hasta atrás con su novia, le gritó:

—¡Bravo, Cepillo! —dijo (porque ése es el apodo de Felipe, que siempre tiene el cabello hacia arriba, como un cepillo).

—¡Esta alteza te rompe el alma, chistoso! —dijo uno de los fifís, amenazando a Felipe con el puño. Pero es bien sabido que, en gayola, aunque todo el mundo se grita, se dice de cosas y se amenaza, nadie hace caso porque todo es en broma; por eso Felipe volvió a sentarse sin dejar de sonreír y hasta le guiñó un ojo a las hermanitas del Jijo.

Apagaron las luces y empezó a sonar el pianito que toca la viejita y que anuncia el inicio de las películas. Entonces el Jijo, que a veces puede ser muy chistoso, empezó a hacer las voces de los personajes, encima de la música del pianito. Eso nos dio mucha risa a todos porque, por un momento, parecía que las películas tenían sonido y se podía escuchar a los actores en vez de leer sus diálogos. A todos nos dio mucha risa, menos a los fifís, que quisieron callar al Jijo. De todos modos ellos fueron quienes terminaron callados, te digo que se dan sus aires.

El Jijo inventaba frases muy chistosas. En una parte en la que Max Linder hace una cara bien mofletes, el Jijo gritó:

—¡Oh, si estuviera Pancho Villa para salvarme!

Todos nos reímos. Yo creo que hasta los de luneta. Pero uno de los fifís, que estaban de pesados porque seguramente tenían celos de nosotros, exclamó:

—¡Vaya gracia! ¡Hasta mi abuelita puede más que Pancho Villa!

No sé si quería causar risa o qué, pero ya sabrás a quién se le calentó la cabezota.

—¡No te atrevas a repetir eso, tunante! —dije poniéndome de pie, porque me pareció que si al padre Raña le funcionaba hablar así, a mí también podría funcionarme.

—¡Todo el mundo sabe que Villa está escondido en la sierra de Chihuahua porque le tiene miedo a los gringos! ¡Es un cobarde!

Yo no sabía, pero mi papá acaba de contarme que mi General Villa invadió los Estados Unidos sin permiso de los gringos. Y por eso los gringos andan encorajinados y lo están persiguiendo por toda la sierra. Yo no sabía. De todos modos, no es lo mismo ser (¿cómo se dice?) precavido que cobarde.

—Ahora soy yo el que te va a romper toda el alma —dijo Felipe, porque acuérdate que él también estaba cuando conocimos a Villa y nos dijo a los dos "Quihúbole, muchachos".

Como te platiqué, se armó la gorda. Entonces comenzó la chifladera. Y después empezaron a volar los dulces, las aguas y los sombreros. Prendieron las luces. La viejita del piano dejó de tocar y detuvieron la película. Unos gendarmes entraron y nos sacaron a todos los de gayola (incluidos los fifís, que conste) por armar bulla. Las hermanitas del Jijo, parece mentira, estaban contentísimas de que las hubieran sacado los gendarmes del cine.

Lo bueno fue que el domingo no terminó tan mal. Los señores Meléndez todavía compraron bizcochos (a mí dos churros) y nos llevaron a merendar a su casa. Al final, a nadie le importó que no hubiéramos podido ver ni una de las películas de Chaplin, que también es muy chistoso. Ya volveremos otro día para que el Jijo, con su voz, les ponga sonido a las películas. Otro día que no haya fifís en la sala.

¡Si fuera globo reventaría, Kili-Dalú! ¡Mike Febles me invitó a verlo pelear! Felipe, el Pollo y yo llegamos a los baños de Pescaditos, y te cuento que nos recibió don Tocino Mondragón. Él me pidió que le mostrara mi golpe de zurda (que ahora casi ni me dolió, te lo juro), y yo que le pregunto, como siempre, que si no andaba por ahí el campeón. Y que me contesta, levantando las cejas y haciéndose el interesante, como si la cosa no tuviera importancia, mientras encendía un cigarro:

—¿Y quién crees que es ése de ahí?

¡De mofletes! ¡Era cierto! ¡Ahí estaba! Y no tenía ropa de calle, como yo lo había visto cuando me dio la mano. Ahora estaba entrenando. Le pegaba al costal mientras su ayudante se lo detenía. ¡Qué grande y qué forzudo!

Felipe me llevó a saludarlo.

—Hola, campeón. ¿Recuerdas a mi hermano?

El campeón detuvo su entrenamiento para darme la mano. O bueno, el guante.

—Pero claro, chico, tú te llama...

—José "el Pepino" García —decidí presentarme, como si ya fuera el terror del barrio, famoso por mi golpe de zurda.

—¿Cómo ejtá, Pepinillo? ¿Quierej entlená?

Es moreno, muy alto y bien musculoso. Y tiene los ojos cafés. Yo creo que cuando sea grande voy a ser boxeador y voy a ser cubano para pegar y hablar como él. Aunque me dejen la nariz de papa como la de él de tanto tortazo.

—Bueno —le dije. Me sostuvo el costal un ratito y le estuve pegando con mi mejor cara de malo y procuré que se notara mi golpe de zurda.

—¡Epa! ¡Tu helmano e una fiera, Cepillo!

Felipe sonrió y fue a cambiarse para entrenar. Yo me quedé otro rato con el campeón porque no podía creer que me hubiera sostenido el costal para que yo le pegara. (¡Cuando lo cuente mañana en la escuela, todos van a poner una cara de envidiota como nunca has visto!) Luego se acercó el señor don Tocino Mondragón y se sentó junto a mí. Se puso a pelar una naranja y empezó a regalarme gajitos. Yo estaba como lelo.

—Cuéntale a Pepino cómo derrotaste a Lewis en La Habana en tres *rounds*, Mike —le pidió el señor don Tocino.

El campeón se sentó junto a mí y aceptó un pedacito de naranja que le ofreció el Tocino. Pero no me contó de su pelea en La Habana. En vez de eso, llamó a su ayudante.

—Fíjate bien, Pepino, polque ejte sí e boxeadó.

El muchacho, que tiene más o menos la edad de Felipe, me dio la mano.

—Carlos Pavón —se presentó. Pero más bien a mí se me hizo que estaba muy flaco, por eso no le hice mucho caso. Hasta que lo vi entrenar con Felipe, me di cuenta de que el campeón tenía razón. Ese Carlos Pavón pega muy bien. Y baila que no le ves los pies. Pero eso pasó después. En ese momento, mientras nos terminábamos la naranja, ocurrió el verdadero milagro.

—Pepino, chico, ¿quierej velme peleá en el Palatino?

Yo seguía como bobo y como lelo, como si estuviera frente a Berthita Peñaloza o peor, como si estuviera frente a 20 Berthitas Peñaloza.

—¡Anda, atolondrado, responde! ¡Pues claro que quiere! —respondió don Tocino.

—Encálgate, Tocino —dijo, por último, el campeón. Y se fue a bañar.

Yo no podía creerlo. La verdad, todavía no puedo creerlo. Estuve viendo el entrenamiento de Felipe y cómo Carlos Pavón le ponía una tunda que para qué te cuento. Pero apenas me enteré, porque tenía la cabeza en las nubes. Mike Febles, en persona, me había invitado a verlo pelear contra el negro Smith en el Palatino y eso me había chupado el cerebro. Si fuera globo reventaría, mi valiente Kili-Dalú, te lo juro. Si fuera globo, reventaría de tanta felicidad.

Mi valiente Yáñez (éste es el nombre más mofletes porque ya ves que es la mano derecha de Sandokan):

Hoy el padre Mier nos enseñó que Sigüenza y Góngora fue un científico y un escritor que nació aquí en la Ciudad de México, no un pájaro como muchos de nosotros creíamos. Pero nosotros qué culpa tenemos de que Martinete le haya puesto así a su ave que, por cierto, ya casi vuela. Ayer, Ordiales y yo estuvimos viendo cómo casi despega del suelo. A ver si no resulta como dice mi papá que, en cuanto vuele el avechucho, ninguno de nosotros le volverá a ver el pico ni las plumas por nunca de los jamases.

Pero esto no era lo que quería contarte, mi valiente Yáñez, era otra cosa que pasó hace rato. Estábamos

Quique Sancochón y yo jugando canicas en la plaza cuando llegó el Flaco, todo agitado. Casi no podía hablar de la carrera que había pegado. En ese momento, me fijé que llegaba a la plaza nada menos que Luzcle, la niña ésa que es más pesada que 100 elefantes juntos. Por eso yo le dije al Flaco, aunque él no pudiera hablar:

—Flaco, ¿y si vamos a tu casa a jugar a los soldados o con tu caballo de madera?

Luzcle me veía a la distancia y creo que tenía pensado ir a darme de mamporros porque no me quitaba los ojos de encima. Entonces, el Flaco por fin pudo hablar:

—Pepino... es... nuestra... oportunidad... ¡Higinio Granda está en mi casa!

¡Tornillos y catrinas! ¡Teníamos que dar aviso a los gendarmes!

—¿Quién dices, Flaco? —preguntó Quique Sancochón.

—¡El jefe de la Banda del Automóvil Gris, Sancochón! —le dije yo—. ¿No te acuerdas? Te platicamos que anda queriendo enamorar a la mamá del Flaco.

—¡Qué te pasa, Pepino! —reclamó el Flaco—. ¡Eso no es cierto!

—¿Cómo no va a ser cierto? —insistí—. Además, no hay mejor manera de que los deje a ti y a tu mamá en los puros calzones. Si enamora a tu mamá, ella misma le va a dar la llave de tu casa y para qué te cuento lo demás.

El Flaco ya quería darme de mamporros por inventar cosas y yo pensé que eso sí sería mala suerte: que si no me pegaba Luzcle, acabaría haciéndolo él. Para mi fortuna, intervino Quique Sancochón:

—¡Entonces hay que llamar a Pacheco, Flaco!

—¡Sí! —dije yo. Pero el Flaco no se veía muy interesado.

—Ahorita está dormido en un sofá de mi casa. Se tomó dos copitas de jerez y eso le dio mucho sueño. Parece que acostumbra tomar la siesta. Como tu abuelita, Pepino.

Es cierto lo que dijo el Flaco. Como mi abuelita y mi mamá son del norte, a veces toman siesta. Y roncan como leones. El Flaco continuó:

—Mi mamá le ofreció que descansara, ahí mismo, en la sala.

—¡Mejor aún! —dijo el Sancochón—. ¡Así conseguimos que Pacheco le eche el guante sin ningún problema!

—Primero quiero estar seguro —dijo el Flaco—. Porque ya van dos veces que mi mamá me deja las pompas como pambazos por decirle que ese señor es ratero.

—¿Entonces qué hacemos? —pregunté.

—Hay que comprobarlo antes, Pepino.

Nos quedamos mirando. Creo que nos leímos la mente, porque los dos dijimos al unísono (que quiere decir "al mismo tiempo"):

—¡Los bigotes!

Quique Sancochón no entendió nada, pero también nos siguió a la casa del Flaco cuando los dos echamos a correr. Y te cuento que, en cuanto abandonamos la plaza, vi de reojo cómo la niña Luzcle se ponía triste. Seguro porque no pudo retarme a correr o a unas luchas o algo. Y qué bueno, la verdad.

Llegamos a la casa del Flaco, pero él nos detuvo en la puerta de entrada.

—Se me ocurrió una idea, a ver qué opinan. Subimos muy callados a mi cuarto y bajamos con un pincel y tinta.

—¿Quieres que le pintemos bigotes? —preguntó, sonriendo, Quique Sancochón.

—¡Sí! ¡Sólo así Pacheco nos creerá! ¡Si le demostramos que este señor es el mismo ratero que el del periódico!

Así que llamamos a la puerta y la nana Cande nos abrió.

—Pasen, mis niños. Pero no hagan ruido porque don Higinio duerme su siesta.

De mofletes. Ni cómo decirle que precisamente eso era lo que queríamos: no despertarlo. Atravesamos de puntitas la sala y llegamos a las escaleras.

La nana debió de creer que éramos los muchachos más considerados de todo el mundo. Qué va. Así llegamos hasta el cuarto del Flaco. Él sacó el periódico y yo tomé el tintero y un pincel de su escritorio. Lo malo fue que el pincel estaba duro como piedra.

—Flaco, este pincel no sirve.

—Es el único que tengo.

—¿Qué nunca lo pones en agua?

—La verdad, no.

Será que al Flaco la pintura nunca le ha llamado la atención como a los otros chicos de San Miguel. O será que, como es rico, no le importa echar a perder mil pinceles. Pero éste era el único que tenía y estaba duro como piedra. Ni modo de ponerlo a remojar en ese momento si no había tiempo que perder.

—Ni modo —dijo Sancochón.

Bajamos otra vez de puntitas y nos pusimos frente al rufián, que dormía como si sobre su conciencia no pesaran varios robos y varias muertes. Para nuestra fortuna, no había nadie a la vista: ni la señora Betancourt, ni la Nana Cande, ni la tía Amelia (que siempre va a la casa del Flaco cuando reciben visita de algún señor, porque, como dice mi mamá, no es bien visto que una señora decente reciba sola a un hombre en su casa. Y a mí me parece bien, sobre todo si el hombre es un asaltante y un prófugo y un asesino).

—Date prisa, Pepino —dijo Sancochón bien bajito, mientras sostenía el periódico frente a la cara de Higinio Granda, que dormía el sueño de "los benditos" (así dice mi abuelita, aunque éste no fuera el caso), para comparar el resultado y así llamar a Pacheco.

La verdad me dio miedo y la mano empezó a temblarme cuando mojé el pincel en el tintero. Pensé que, si se despertaba, iba a estrangularnos y al primero que seguro agarraría sería al del pincel, porque le quedaría más a la mano.

—¡Qué te pasa, Pepino! —me reclamó el Flaco, en voz baja—. ¿Tienes miedo?

—Pues, la verdad. sí.

—¡Daca el pincel! —susurró Quique Sancochón, que para aventarse sin ver a lo hondo de un río, siempre se pinta solo.

Como te dije, el pincel parecía de piedra y la tinta casi ni agarraba. Cuando Sancochón ya iba a trazar el primer bigote, que se le cae una gota bien gorda sobre el cachete de don Higinio. ¡Tornillos y catrinas! Al segundo siguiente, ninguno de los tres estaba ya a la vista. Nos habíamos refugiado debajo de la mesa del comedor, detrás de las patas de las sillas. Y desde ahí vimos cómo la gota empezó a bajarle por el cachete. Él debió de haber creído que era una mosca porque, como de rayo, se pasó la mano por la cara para espantar al supuesto bicho, pero nomás se acabó de embarrar más.

Estuvimos un ratote metidos debajo de la mesa, hasta que nos convencimos de que el ratero seguía dormido. Volvimos al sofá de puntitas. El Flaco habló bajito:

—Mira tu porquería de bigote, Sancochón. Así es imposible compararlo.

Era cierto. Higinio tenía tres dedos negros pintados sobre el cachete. Parecía tigre. O a lo mejor un pirata malayo.

—Todavía me queda el otro cachete. Si comparamos la mitad...

—Bueno —dijo el Flaco.

Y reintentamos la operación. Para qué te cuento, mi valiente Yáñez. En ese momento, oímos que la Nana Cande bajaba por las escaleras tarareando una canción. El Flaco hizo cara de que, otra vez, iban a ponerle las pompas como pambazos y, de pilón, también a nosotros. Por eso al Sancochón se le fueron un montón de gotitas sobre la cara del ratero, porque el maje, del susto, había sacudido el pincel. Ahora, en vez de bigotes, tenía como mil pecas.

—¡Tornillos y catrinas! ¡Corran! —exclamó el Flaco.

Nuestro plan había fracasado. Salimos corriendo de la casa a la carrera con todo y pincel, tintero y periódico. Apenas alcanzamos a oír gritar a la nana Cande:

—¡Pero ingeniero! ¡Qué le pasó en la cara!

Y al ratero despertar sobresaltado:

—¿Qué me pasó de qué? ¡Auxilio!

Y se oyó un estrépito como si el ratero hubiera tirado toda la porcelana de la señora Betancourt al levantarse.

El Flaco trató de convencerme de que lo dejara quedarse a dormir en mi casa. Yo le dije que no podía huir de la ira de su mamá por toda la eternidad. Así que, a lo mejor, ahorita sí, por tercera vez, le están poniendo las pompas como pambazos con chile, mi valiente Yáñez. Lo peor es que el ratero sigue libre por nuestra culpa.

Fue un día horrible, mi valiente Yáñez. Tal vez el peor de toda mi vida. Pero voy a contarte todo desde el principio.

En la mañana, todo iba bien. El padre Mier me felicitó por mi tarea. Nos había encargado escribir una continuación de don Quijote y Sancho Panza, después de leer cuatro capítulos de la novela. Y yo inventé que don Quijote y Sancho Panza se enfrentaban a unos piratas que llegaban a las costas de España. Y como me imaginé que el padre Mier quería que don Quijote fuera el héroe, pues me encargué de que los venciera a todos, aunque, en realidad, me felicitó porque, según él, tengo facilidad para escribir. Yo no sé si eso sea cierto, pero la verdad no me importa porque de grande quiero ser boxeador o soldado.

El Flaco y yo ya habíamos quedado de vernos en la tarde. Me iba a acompañar a preguntarle a Lady Mariana si quería ir al box conmigo. (Ya sé que, según Felipe, soy un bestia, pero yo digo que nadie puede negarse a ver pelear a Mike Febles contra el negro Smith y aún menos si tenemos asientos hasta adelante.) Además, tenía ahorrados casi 70 centavos y aún podía comprarle un regalo a Lady Mariana, que ya ves que en realidad se llama Berthita Peñaloza. Así que el Flaco y yo nos vimos en la plaza. Y como también estaba el Jijo, decidió acompañarnos. Fue lo mejor, porque el Flaco ya se estaba arrepintiendo, y eso que yo le había prometido ayudarlo a terminar su tarea de don Quijote porque él no la había entregado todavía. (Vamos a enfrentar al caballero y a su escudero contra Pancho Villa y sus Dorados, aunque el Quijote y Sancho ahí sí tendrán que perder porque ni modo que, además de derrotar a Sandokan, también le ganen a Pancho Villa.)

Pues te cuento que nos encaminamos hacia el Colegio Francés de Señoritas, pero esta vez yo no temblaba ni nada, te lo juro. Estaba seguro de que ella iba a morirse de ganas de acompañarme al box y hasta me iba a preguntar si podíamos jugar juntos un día, en su casa o en la mía. Y yo no dejaba de imaginármela en mi casa, tomándome las manos.

Luego mandaba a Quico a ver pasar los patos y... bueno, lo demás te lo tienes que imaginar.

Cuando llegamos al Colegio Francés, tuvimos que esperar. Yo ni repasaba lo que le diría ni nada pues sabía que bastaría con decirle "Mike Febles me invitó a verlo pelear el sábado y me dijo que podía llevar a quien yo quisiera y yo te escogí a ti". Se iba a morir de la felicidad. Bueno, no morir, es un decir, pero me refiero a que se iba a poner loca de alegría.

Sonó la campana y las niñas empezaron a salir. Ahí comenzó mi mala suerte, mi buen Yáñez, porque en cuanto vi aparecer a Berthita Peñaloza con sus amigas, salió de no sé dónde un niño rico con un ramo de rosas y que se le planta enfrente. ¡Tornillos y catrinas! "¿Quién es ese pelmazo?", pensé, pero fue el Jijo quien habló:

—¿Quién es ese pelmazo, Pepino?

La sangre me hervía. El niño rico ya le había dado las flores a Lady Mariana y ella, muy sonriente, las aceptó. Me odié por no haber pensado en algo así. Con mis 70 centavos hubiera podido comprar un ramo mejor que ése. Entonces me acerqué, junto con mis amigos, a la puerta de la escuela, al igual que otras veces. Como estaba furioso, no esperé nada para decirle:

—Hola.

Ella ni me contestó. El niño rico puso una cara de extrañeza, como si yo fuera un mico peludo o una cucaracha gigante, pero preferí no hacerle caso.

—MIKE FEBLES —lo dije así, bien fuerte— me invitó a verlo pelear el sábado. Y yo quiero que vayas conmigo.

Ni te imaginas qué respondió, mi valiente Yáñez. Casi me muero. Y eso no es un decir.

—¿Mike qué? ¿Y ése quién es?

Yo no cabía en mí del asombro. Entonces el niño rico se me plantó enfrente.

—¿Quién es este fifí, eh? ¿Te está molestando? —le pregunté a Berthita, todo enfadado. No tienes idea de lo feo que sentí con lo que me dijo después.

—Es mi novio, tonto —y luego me remató diciéndole al fifí—: vámonos, Rodrigo. Mi mamá hizo polvoroncitos para ti.

Me quedé más lelo y más bobo y más idiota que nunca. Lo malo fue que el tal Rodrigo todavía no se sentía satisfecho. Ni siquiera porque me veía todo apabullado (que quiere decir que la niña que te gusta te desprecia horrible y sientes igual que si te cayera un hipopótamo encima).

—¿A quién le dijiste fifí, enano?

Es cierto que el tipo era más alto que yo por una cabeza. Y también es cierto que yo había invitado a su novia al box. Pero yo no tenía ninguna intención de pelear. Aun así, cuando me empujó, pensé que tal vez era mi oportunidad. "Si le demuestro a Lady Mariana que puedo tumbar a este grandote con mi golpe de zurda, ella me preferirá y..."

Ni siquiera tuve tiempo de terminar mi idea. El tal Rodrigo ya me había dado un sopapo bien plantado en un cachete. Y luego, un puñetazo en el ojo derecho. Me caí como de rayo. Y te juro que, aunque no quería, me puse a llorar.

Enseguida llegó una de las monjitas y me ayudó a pararme. Regañó a Rodrigo, pero él, como si nada, se llevó a Berthita Peñaloza a la esquina y ambos se subieron a un Ford T que los esperaba. Qué fiasco. Su mamá ya no iba a buscarla a la escuela, ahora el cretino ése iba por ella en coche con chofer. La monjita me sacudió la ropa y me preguntó mi nombre, mi dirección y quiénes eran mis papás. Pero yo no la oía, te lo juro. Nada más veía cómo se alejaba el coche y aplastaba mi corazón y mis esperanzas y mi alegría.

Dejé hablando sola a la monjita y caminé de vuelta a la plaza. En el camino, se me unieron el Flaco y el Jijo. El Jijo se estaba comiendo una trompada. Me dieron ganas de darles de las otras trompadas a los dos traidores por cochinos traidores.

—Y ustedes, ¿dónde estaban cuando me estaban dando de moquetes, eh?

Ninguno contestó porque yo traía una cara de tristeza que para qué te cuento. El ojo se me había puesto morado. Y yo sabía que si llegaba a mi casa con el ojo así, mi mamá iba a ponerme el otro ojo igual por andarme metiendo en riñas. Me sentía horriblemente mal.

Cuando llegamos a la plaza, había varios niños jugando y yo no comprendía nada. Para mí, el mundo se había detenido. No podía entender que otros tuvieran ganas de jugar. Me senté en una banca sin decir nada. Te digo que era como llevar un hipopótamo encima para todos lados. A lo lejos, veía a Martinete platicar con Sigüenza y Góngora, metido en su sombrero; al gendarme Pacheco dando su ronda; a la viejita de la tienda vendiendo golosinas; a la Bruja dándole de comer a sus perros a un lado del hospital. Yo no entendía que todos ellos anduvieran como si nada, cuando, para mí, el mundo entero se había vuelto todo gris, como en el cinematógrafo.

El Flaco y el Jijo se sentaron a mi lado. Y también se acercaron otros niños. Vaya suerte, si yo sólo quería que me dejaran morir solo. El Pecas me preguntó:

—Pepino, ¿qué te pasó en el ojo?

—Le dieron de hostias por andar de enamorado —dijo el traidor del Jijo.

Entonces, el Flaco tuvo una idea muy loca y muy rara, pero también muy buena.

—¡Ya sé, Pepino! ¿Por qué no vas con la Bruja y le pides que convierta en perro al zonzo ése que te pegó?

—¿Estás loco? ¿Y si me convierte a mí?

—Puedes pagarle. Yo te presto dos pesos.

Aunque era una idea muy loca y muy rara, también era muy buena. Yo no tenía nada que perder. El Flaco sacó dos billetes de peso y me los puso en la mano.

—Iría, pero no se me da la gana.

—¿Te da miedo? —preguntó Ordiales.

La verdad es que sí me daba miedo.

—No, pero no me da la gana.

—Yo creo que sí te da miedo —dijo Begoñita.

Ahí iba yo, en dirección a la Bruja, el único personaje de San Miguel que hacía salir huyendo a todos. Y yo estaba yendo hacia ella por mi propio pie. De miedo. Pero la verdad me sentía tan mal que todo me importaba poco. Cuando estuve a pocos pasos de ella, levantó la vista y me sonrió. Sus perros se me acercaron y movieron sus rabos.

—Hola, Pepino —dijo la Bruja.

—Señora, ¿verdad que usted no es bruja?

Escuchar eso me habría hecho sentir mejor, aunque no pudiera convertir al tal Rodrigo en perro. Porque aquí en San Miguel todos creemos que es bruja, pero nadie se había atrevido a preguntarle nunca antes. En ese momento, prefería creer que el mundo no era tan gris y que los niños no podían volverse perros con un hechizo. Para mi sorpresa, respondió:

—La verdad es que sí, un poquito.

Horror. Sentí que las piernas se me hacían de engrudo. Ya me veía ladrándole a la luna.

—¿Y estos perros son niños?

—¡Qué disparate!

—¿Usted vuela en una escoba por las noches y es esposa del diablo?

—¡Ja, ja, ja! ¡Claro que no, Pepino! Más bien veo cosas que los otros no. Por eso dicen que soy bruja. Y por eso me encerraron en el manicomio hace años.

Todos los niños nos observaban desde lejos, pero nadie oía lo que decíamos.

—Puedo ver, por ejemplo, tu pena. Y el odio que sientes por el muchacho que te puso el ojo moro.

—Tiene razón. ¿Puede convertirlo en perro?

—No, mi niño.

—¿Puede hacer que Berthita Peñaloza me quiera? Le pago dos pesos.

—Tampoco.

—Le pago dos pesos con 70 centavos.

—No puedo. Discúlpame.

Vaya fiasco. "¿De qué sirve una bruja que no puede embrujar?", pensé.

Entonces me tomó una mano y la abrió para observarla, aunque antes tuvo que limpiarla con saliva porque estaba muy sucia, la verdad.

—Pero sí puedo decirte... ¡que vas a tener una larga, muuuuy larga vida! Veo que casi siempre serás feliz. También veo edificios, veo fórmulas matemáticas y muchos viajes. Veo muy pocas lágrimas, Pepino. Y veo... ¡Tornillos y catrinas! —me guiñó un ojo—. ¡Veo que, algún día, Pancho Villa llegará a ser presidente!

¡Vaya! ¡Cuántas cosas podían verse en mi mano! Luego me obsequió un pirulí y me revolvió el cabello. La verdad, eso me compuso un poco el ánimo. Ya me sentía menos mal. Hasta sonreí un poco. Entonces volví con los otros niños.

—¿Qué te dijo? ¿Sí va a convertir al tonto ése en perro? —preguntó el Flaco.

—Sí. Y ten —le di su dinero—. Va a hacerlo gratis.

—Entonces, ¿es cierto que todos sus perros son niños? —preguntó Begoñita.

—Sí. Niños malcriados y desobedientes.

El Pecas se echó a correr a su casa dando de gritos. Begoñita se puso a llorar. Los demás niños se quedaron pasmados. Yo me regresé a mi casa sintiéndome menos triste y pensando que el pirulí estaba bastante bueno y que no hay nada mejor que Pancho Villa vaya a ser presidente algún día. ¡De mofletes!

NO DEBO SUBIRME A LOS TRANVÍAS DE
MOSCA PORQUE ME PUEDO CAER Y ROMPER
UN HUESO.

NO DEBO SUBIRME A LOS TRANVÍAS DE
MOSCA PORQUE ME PUEDO CAER Y ROM-
PER UN HUESO.

NO DEBO SUBIRME A LOS TRANVÍAS
DE MOSCA PORQUE ME PUEDO CAER Y
ROMPER UN HUESO.

NO DEBO SUBIRME A LOS TRANVÍAS
DE MOSCA PORQUE ME PUEDO CAER Y
ROMPER UN HUESO

NO DEBO SUBIRME A LOS TRANVÍAS
DE MOSCA PORQUE ME PUEDO CAER
Y ROMPER UN HUESO.

NO DEBO SUBIRME A LOS TRANVÍAS
DE MOSCA PORQUE ME PUEDO CAER
Y ROMPER UN HUESO.

Escribí un poquito del castigo que me puso mi papá porque creí que había entrado a mi cuarto. Pero es mi hermano Felipe, que trae un ojo morado como yo porque estuvo entrenando con Carlos Pavón. Se lo volvió a moquetear y lo dejó como Santo Cristo. Me dio risa verlo así porque tener un ojo morado ahora parece una marca de familia.

No sé qué voy a hacer cuando se me acabe la libreta. Ya ves que me quedan bien poquitas hojas. Y si le pido a mi papá que me compre otra porque ésta ya se terminó, me la va a pedir para ver si cumplí con todos sus castigos, y la que se me va a armar...

La verdad, todavía me siento triste, mi estimado Yáñez, porque todavía pienso en qué bonito habría sido que Lady Mariana y yo fuéramos novios. Hubiéramos ido juntos al box, al cine y a las albercas de Tlalpan. También a atrapar bichos a Balbuena y a jugar rentoy y póquer a la plaza y todo. Pero ya ni modo. Hasta tenía pensado que fuéramos a uno de los estudios fotográficos de Niño Perdido para tomarnos una foto daguerre. Y yo la pondría con las otras fotos que me he ido comprando: la del presidente Madero, la del presidente Carranza, las dos que tengo de mi General Villa, la de la locomotora que echa humo, la de Pearl White, y la de Harold Lloyd cayéndose de un edificio y que está mofletes. Mi mamá ya me amenazó con tirarlas a la basura. Dice que, entre tanta foto, la nuestra, ésa en la que salimos todos los García, ya casi ni se ve. Pero yo sé que lo dice sólo para espantarme, porque cuando mi mamá decide algo, lo hace y ya, no te avisa ni te amenaza. A lo mejor ya se dio cuenta de que las fotos sirven, aunque sea, para adornar la sala.

A veces pienso que la vida no es como en los libros ni como en el cinematógrafo. Cuando Sandokan y Lady Mariana se conocen, ella también se enamora de él como de rayo. Y como de rayo acepta irse a vivir con él a Mompracem sin hacer cara de fuchi ni nada, y sin importarle lo que pueda pensar su tío, Lord Guillonk. En cambio, en la vida real, las cosas son muy distintas. Lady Mariana prefiere irse con el baronet Williams aunque éste sea un cretino y un fifí pesado.

Lo único que me tiene contento es ir a ver pelear a Mike Febles el próximo sábado, mi valiente Yáñez. Eso sí que es mofletes, aunque a veces me sienta tan triste que me den ganas de irme al norte con mi General Villa y no volver a saber nada de nada del barrio de San Miguel para siempre y por toda la eternidad.

Te dejo porque creo que mi abuelita ya terminó de hacer sus tortillas de harina y ya me dio hambre nada más de olerlas. Y luego Quico se las quiere comer todas. Ahí como lo ves de chaparro, come más que toda la familia junta. A lo mejor es por la emulsión de Scott.

Mi valiente Yáñez:

Hace rato me pasó una cosa bien rara. Cuando salimos de la doctrina no me vine para la casa porque mi papá me encargó que le comprara unos puros. Pero cuando regresé de la tienda, me dieron ganas de quedarme un ratito en la plaza. porque ahí estaban pateando la pelota Quique Sancochón, con su traje de acólito, junto con el Vitrina y Ordiales. No sé qué le ven al futbol, pero me dieron ganas de acercarme y jugar un rato con ellos.

Hicimos dos equipos. El Vitrina y yo contra Sancochón y Ordiales. Lo bueno fue que me tocó con el Vitrina porque él sabe jugar muy bien; hace unas fintas que no puedes quitarle el balón ni jalándolo de la camisa. Íbamos cuatro a cero cuando el padre

Raña y el padre Martínez salieron de la iglesia. Fue mejor porque se unieron al partido. Hasta se quitaron las sotanas. El padre Martínez jugó con nosotros y eso fue lo malo porque el padre Raña, a pesar de que es el más viejito y el más gordo, se la pasó haciendo trampa. A veces hasta agarraba la pelota con las manos, y ya ves que en el futbol eso no se vale.

El partido terminó siete a cinco. Les ganamos porque Quique Sancochón tuvo que irse a tocar las campanas de la misa de ocho, y los dos padres se regresaron a la iglesia, vestidos otra vez de curas. Ordiales y el Vitrina todavía se quedaron a jugar canicas, y yo ya iba a regresarme a mi casa, cuando ni te imaginas quién se apareció.

—Hola, Pepino.

Traía una cara de tristeza igual o peor que la mía en estos últimos días. A lo mejor por eso no me dio la gana echarme a correr, porque no se le veía ninguna intención de retarme a las luchas o de jalarme los pelos.

—Hola.

Me senté en una banca a revisar los puros antes de irme a mi casa porque, como habíamos usado la caja como poste de una de las porterías, preferí revisar si los puros no estaban todos despanzurrados. Ya me veía encerrado en mi cuarto por varios días recibiendo "un castigo ejemplar", por no hacer bien los mandados.

Luzcle se sentó a mi lado y balanceaba las piernas, que, al igual que a mí, no le llegaban al suelo. Tiene las rodillas huesudas y siempre trae las calcetas abajo de los tobillos, hechas acordeones. Comencé a acomodar los puros dentro de la caja.

—¿Qué te pasó, eh? —me dijo, señalando mi ojo moro.

—Nada. Me peleé con un niño.

—¿Qué niño?

—Un niño.

Se ofreció a ayudarme a alinear los puros dentro de la caja.

—¿Y tú qué tienes, eh? —le pregunté—. ¿Ya no te gusta echar carreras o qué?

Se lo dije porque ya ves que el primer día que la vi me retó a echar carreras y es cierto que me ganó, pero por poquito.

—Sí, pero no tengo ganas.

—¿Por qué?

—Estoy triste.

La verdad, se le notaba como a 20 leguas que estaba muy triste.

—¿Y tú por qué estás triste, eh? —me preguntó.

—Yo no estoy triste. Qué te pasa.

—Sí estás.

—No estoy.

—Sí estás.

Tal vez también se me notaba la tristeza como a 20 leguas.

—Es que vamos a tener que regresarnos a Guanajuato —dijo ella sin dejar de columpiar sus patas flacas—. El presidente Carranza va a regresarle su mina a mi papá.

—¿Tu papá tiene una mina?

—Sí.

—De mofletes, ¿no?

—Me gusta más aquí que Guanajuato.

—¿Por qué?

Me miró bien raro. Y como que me dio miedo, porque me las olí que algo se traía.

—¿Por qué te gusta más vivir aquí?

No me respondía, nada más se me quedaba viendo. Terminé de arreglar la caja de los puros y la cerré. Entonces me puse de pie porque mi mamá ya no tardaba en gritarme, desde el balcón, que me metiera a la casa. Pero Luzcle no dejaba de mirarme. También se paró y así, de la nada, que me da tal jalón de pelos, que casi me hace tirar los puros.

—¡Eres el más tonto de todos los tontos! —me gritó la tal Luzcle.

En cuanto me soltó los pelos, se fue corriendo donde Ordiales y el Vitrina.

—¡Y tú estás loca y chiflada y demente y loca y orate y chiflada! —le grité.

Y de veras que sí está loca de remate, mi valiente Yáñez, porque se puso a discutir con Ordiales y el Vitrina. En menos de lo que te cuento, ya le estaba torciendo el brazo a Ordiales como si lo obligara a confesar algo.

La verdad, qué bueno que esa niña se va a Guanajuato para siempre. Aunque sí sentí feo que eso la ponga triste. Como te decía, la vida no es como en el cine o en los cuentos que nos narra a veces mi abuelita a Quico y a mí. No todo termina en "vivieron felices para siempre". Y menos cuando hay guerra en el país y guerra en Europa y todo.

Ahora sí nos tocaron nalgadas yo creo que a todos los niños de San Miguel, mi valiente Yáñez. Y es que ahora sí metimos la pata en serio.

Hacía una tarde muy bonita, llena de sol y todo. A lo mejor por eso había tantos niños en la plaza (aunque no estaba la niña ésa tan pesada que se llama Luzcle, y fue mejor porque a veces es capaz de arruinar hasta el día más soleado).

El Flaco, el Jijo, Quique Sancochón y yo jugábamos canicas cuando, de repente, el Flaco se quedó paralizado como si hubiera visto un fantasma.

—¿Qué te pasa, Flaco? —le preguntó Sancochón, porque le tocaba tirar.

—¡Miren! —dijo, y señaló con el dedo.

En ese momento, pasaba por Estampa de Regina un Fiat gris. El Flaco y yo nos quedamos viendo.

—No puede ser, Flaco —le dije—, sería muy torpe que el jefe de la Banda volviera a utilizar el mismo auto para volver a sus crímenes. ¿No crees, Sancochón?

—Claro que no. Yo lo haría —respondió, muy ladino.

—Y yo —se unió el Jijo—. La fama hay que usarla, tío.

—Te lo dije, Pepino. ¡Y van para mi casa! —concluyó el Flaco.

Horror. ¿Y si ellos tenían razón? Era terrible. El malvado, cruel y despiadado Higinio Granda había reunido una nueva banda. Seguramente, su primer golpe lo daría en la casa del Flaco, donde ya le tenían confianza. Teníamos que darnos prisa.

—¡Hay que dar aviso a Pacheco! —dijo el Jijo.

—¡Cierto! ¡Tú busca a Pacheco! ¡Mientras, nosotros vamos a ver si podemos impedirlo! —dijo Quique Sancochón.

—¡Sí, señor! —respondió el Jijo, como si fuera un soldado y recibiera las órdenes de un superior.

Corrimos a la casa del Flaco como si el diablo nos fuera persiguiendo. Y cuando dimos la vuelta en San Jerónimo, apenas alcanzamos a ver cómo, efectivamente, el Fiat gris se detenía enfrente de su casa y de él bajaban varios individuos. Nos detuvimos aterrorizados.

—Flaco —le dije—. Mejor nos esperamos a que llegue el Jijo con Pacheco. No podemos arriesgarnos a estropear el plan. (En realidad, lo que no quería era que nos estropearan el cuerpo llenándonoslo de agujeros con sus balas, porque ni plan teníamos.)

—¡Qué te pasa, Pepino! —me reclamó Quique Sancochón—. ¿Y si matan a la mamá del Flaco y a su nana también?

El Flaco, nada más de oírlo, se puso a llorar.

—¡Buaaaa! ¡No quiero ir a un orfanatorio!

—Cálmate, Flaco —dijo Sancochón—. Hay que usar la cabeza. Vamos a asomarnos por la ventana para ver qué está pasando.

Nos acercamos a la ventana que daba a la sala. La mamá del Flaco, la tía Amelia y la nana les servían té a varios hombres trajeados en la sala. La mamá del Flaco revisaba un documento con cara de preocupación. O al menos eso parecía porque, a través de las cortinas, no podíamos verles bien el rostro a ninguno de los presentes, sólo las siluetas. Aunque era bastante claro que había cinco hombres y tres mujeres, lo cual haría muy fácil el robo si no interveníamos. Malditos abusones.

—¡La orden de cateo! —dijo entonces el Flaco.

—¿Qué dices? —preguntó Quique Sancochón.

—Acuérdate que estos desalmados se presentan a las casas con una orden de cateo falsa para que las víctimas no opongan resistencia. Así desvalijaron la casa del ingeniero Gabriel Mancera. Salió en el periódico. ¡Yo lo leí!

—¡Tenemos que actuar antes de que sea demasiado tarde! —dijo Sancochón.

—Pero ¿qué hacemos? —insistí, temiendo que algún acto precipitado nos llevara derechito a la tumba. Pero nada se nos ocurría. Entonces vimos cómo la mamá del Flaco hablaba por teléfono y después tomaba su sombrero y su bolso para disponerse a salir en compañía de su hermana, que tomó una sombrilla y su sombrero.

—¿Qué hace tu mamá? —le pregunté al Flaco.

—No lo sé.

Preferimos ocultarnos entre los arbustos porque creímos que si le avisábamos a la señora sobre los delincuentes, éstos aprovecharían para huir, no sin antes balear la casa y a todas las personas y a todos los niños que se les pusieran enfrente.

—Se quedan en su casa, Higinio. Ahora vuelvo con mi compadre Raúl.

Las dos hermanas Betancourt salieron, primero por la puerta de la casa y luego por la reja del jardín sin darse cuenta del gran peligro del que acababan de escapar.

—¿Quién es el compadre Raúl de tu mamá? —le pregunté al Flaco.

—Es mi padrino. El abogado que le ayuda a mi mamá con sus negocios desde que murió mi papá.

—¡Tal vez la hagan firmar los documentos de propiedad de ésta y de todas las casas que tiene tu mamá! ¡Por eso necesitan un abogado! ¡Para hacerlo legal! —exclamó Sancochón, como si hubiera hecho el mayor descubrimiento del mundo—. ¡Y han tomado a tu nana como rehén! ¡Son unos genios del crimen!

—¡Buaaaaa! —aulló el Flaco.

—Oye, Sancochón, no estás ayudando mucho —lo regañé.

—Como quieras. Pero es nuestra única oportunidad —insistió Sancochón.

Tal vez fuera cierto. Podríamos tomar la casa por asalto o algo. Entonces...

—¡Jijo! ¡Qué bueno que llegaste! ¿Y los gendarmes? ¿Dónde están?

Era el Jijo con todos los niños y niñas que estaban en la plaza.

—Ningún gendarme me creyó nada. Ni siquiera Pacheco. Pero entre todos nosotros podemos vencerlos, Pepino, estoy seguro.

—¡Síííí! —corearon todos los niños: el Vitrina, Pachequito, las hermanitas del Jijo.

—Bueno, éste es el plan —dijo Sancochón, quien para inventar planes al momento se pinta solo—.

Vamos por el jefe de la Banda. Sin él, los otros preferirán darse a la fuga.

Y en un abrir y cerrar de ojos, Quique Sancochón nos explicó su plan, el cual no sonaba nada mal. No cabe duda que tiene sus buenos momentos. Aunque, si uno lo piensa tantito, a lo mejor también es un genio del crimen.

De una bodeguita de la casa sacamos una manta y unas cuerdas. Nuestro ejército era mejor que los de la Revolución o la guerra en Europa. Cuando Begoñita, Sofía y Olguita llamaron a la puerta de la casa, apenas habían transcurrido un par de minutos; lo vimos en el reloj Trans Pacific del Flaco. Un ejército bien mofletes.

—¿Qué quieren, mis niñas? —preguntó la Nana Cande cuando abrió.

—Hola. ¿Podría llamar a "mi tío", el señor Higinio? Le tenemos un recadito.

—Qué lindas niñas —dijo la nana Cande y entró.

Cuando Higinio Granda apareció en la puerta, las niñas no lo dejaron ni hablar. Lo tomaron de la mano, cerraron la puerta y lo jalaron hacia el jardín, donde estaba el Flaco tendido en el pasto, doliéndose de un pie.

—¡Eduardo! ¿Qué te pasó? —dijo el ratero, mientras se acercaba al Flaco.

—¡Me caí del árbol!

—¡Santo Dios! —exclamó Higinio Granda, con cara de preocupación.

Fue lo último que dijo. En cuanto bajó las escaleritas de la casa en dirección al Flaco le cayó como de rayo una manta encima, y después, una bola de niños encolerizados que le propinaron manotazos, picones, trompadas y puntapiés para dejarlo fuera de combate.

—¡Aaay! ¡Qué pasa! ¡Aauxiliooo! —gritó el pillo.

En menos de lo que te platico, ya lo habíamos hecho caer y nos dimos a la tarea de atarlo con una cuerda para inmovilizarlo.

—¡Bravoooo! —coreamos todos, porque ni trabajo nos costó y lo hicimos todo tan rápido y tan bien que pensamos que los gendarmes siempre deberían usar niños para atrapar rateros.

Pero entonces ocurrió la catástrofe. A que no sabes quién salió por la puerta de la casa del Flaco, seguido de la nana Cande.

—¡Tornillos y catrinas! ¡Tu papá también es de la Banda del Automóvil Gris, Jijo! —exclamó el Vitrina, tan asombrado como todos nosotros.

—¡¿Pero qué pasa aquí?! ¡Manolo! ¡Begoña! ¡Sofía! ¡¿Qué habéis hecho, insensatos?! —dijo el señor Meléndez cuando vio en el suelo al jefe de la Banda, completamente cubierto y atado como si fuera un tamal y pidiendo auxilio con grititos ahogados.

Se armó la gorda más gorda de todas las gordas. El tal Higinio no era el famoso ratero Higinio Granda, ni los hombres eran su nueva banda, ni el Fiat gris era aquel automóvil legendario. La verdad era que la mamá del Flaco estaba por abrir un restaurante asturiano en colaboración con varios hombres de esa región de España. El papá del Jijo también iba a entrarle al negocio porque nadie como él para preparar fabada. Y el padrino del Flaco iba a asesorarlos sobre los permisos y esas cosas. No había rateros ni criminales ni asesinos ni nada.

Cuando sacaron al pobre señor Higinio de la manta, tenía tantos moretes y rasguños que parecía como si un tranvía le hubiera pasado encima. De nada nos sirvió disculparnos. Después de ponerle a su hijo las pompas como pambazos y mandarlo castigado a su cuarto, la mamá del Flaco mandó llamar a todas nuestras mamás para que fueran a recogernos y nos hicieran pasar la misma suerte.

Y la verdad es que te he podido contar todo esto porque ya ves que siempre escribo tumbado en mi cama bocabajo, que si no, hubieras tenido que esperarte a que se me aliviaran las posaderas, que también me quedaron color sandía.

Mi valiente Yáñez:

Hoy hubiera podido ser el mejor día de mi vida. Y a
lo mejor lo fue, pero no por lo que tal vez creas. Si
te acuerdas, hoy peleaba Mike Febles en el Palatino.
Y ya ves que me invitó a verlo pelear. Pues Felipe y
yo salimos muy contentos de la casa como a las seis
de la tarde. Pasamos por el Flaco (el muy traidor fue
el ganón del boleto después del desaire que me hizo
Berthita Peñaloza) y luego fuimos por el Pollo a su
casa. La verdad es que nada nos podía estropear el
ánimo. La pelea era "a vencer", lo cual significa que
los contrincantes pueden aventarse 100 *rounds* o
más, si es necesario, porque a fuerzas tiene que caer
alguno de los dos. Además, como yo había invitado
al Flaco, a él le había tocado pagar los sopecitos y las

aguas. Como puedes ver, ése prometía ser un sábado perfecto.

Llegamos al Palatino muy temprano, porque la pelea era a las ocho. Buscamos a don Tocino en la puerta para que nos dejara entrar a ver las preliminares (que son las peleas sin chiste que programan antes de la pelea buena). Entonces, vimos en la taquilla a algunos fifís comprando boleto. Felipe y el Pollo se sorprendieron porque los fifís casi no van al box, pero no le dieron importancia. En cambio, yo no pude evitar fijarme en uno de ellos.

—Flaco, ¡mira quién está ahí!

El Flaco miró hacia la taquilla.

—¡El que te puso el ojo morado! ¡Creí que ya lo habían convertido en perro! ¡Esa bruja es un fraude!

Pero lo que me sorprendió no fue ver al tal Rodrigo ahí en dos patas, sino su aspecto. Ahora él también tenía un ojo morado y la nariz hinchada. En ese momento pensé que, como le gustaba tanto pegarle a otros más chicos que él, tal vez le habría tocado uno que le había hecho ver su suerte por abusón. Y qué bueno, pensé.

Salió el señor don Tocino y nos recibió con una gran sonrisa.

—¡Hola, muchachos! ¡Pásenle!

Me hubiera gustado que los fifís vieran que a nosotros nos habían dejado entrar gratis por ser amigos del campeón, pero no tuve suerte. Estaban distraídos en ese momento, lástima.

Nos pasaron a la primera fila, lo cual fue de mofletes, mi valiente Yáñez. Podríamos ver la pelea con todo detalle. En ese momento, había una pelea de pesos mosca que no le interesaba a nadie. Todo el mundo platicaba, compraba golosinas o aprovechaba para ir al baño.

Entonces entraron los fifís y se sentaron justo atrás de nosotros, qué mala pata. Dos de ellos tenían más o menos la edad de Felipe y el Pollo, y los acompañaba el novio de Berthita Peñaloza. Yo me sentí muy incómodo, pues estaba seguro de que, en cuanto me viera, iba a querer desquitarse conmigo por la que le habían hecho pasar, nomás porque soy más chico y no sé pegar, a pesar de que el señor don Tocino insista en que tengo buen golpe de zurda.

Se acabó la pelea de pesos mosca y siguió la de pesos pluma. Un calzón rojo contra uno azul. Y quién sabe por qué, pero el réferi mostraba cierta predilección por el del calzón rojo pues, en cuanto le empezaba a pegar el de azul, el árbitro paraba la pelea o le marcaba golpes bajos que no había dado. Entonces ocurrió algo muy curioso: tanto nosotros como los fifís empezamos a gritarle de cosas al réferi. Por un momento fue como si todos fuéramos amigos. Felipe hasta se volteó y comentó con uno:

—¡Vaya tipo! ¡Debe creer que estamos ciegos!

—¡Sí! —le contestó el del bombín—. Deberíamos bajarlo entre todos.

Felipe y el Pollo empezaron a comentar la pelea con ellos. A lo mejor es que en el box todos somos iguales y no importa si vives en San Miguel o en la Santa María o en Tepito. A lo mejor fue por eso que, de repente, sentí una palmada en el hombro. Y no tuve más remedio que voltear.

—Oye, quería disculparme por haberte pegado.

Era el novio de Berthita Peñaloza. Me tendió la mano y medio me sonrió.

—Está bien. Ni me dolió tanto —le dije.

—¿En verdad te invitó Mike Febles?

—Sí. Es mi amigo. Si quieres, luego te lo presento. ¿No quisiste traer a tu novia?

—No le gusta el box. No sabe lo que se pierde.

—No. No sabe.

Otra vez nos pusimos a ver la pelea. Entonces se me ocurrió preguntarle:

—¿Quién te puso el ojo morado?

—¡Y lo preguntas, descarado! —dijo, un poco molesto.

—¿Por qué? ¿Yo qué tengo que ver?

—No te hagas. Esa amiga tuya que fue a reclamarme por haberte pegado. ¡Vaya que sabe mover los puños! ¡Pega como patada de mula!

—¿A poco no sabías, Pepino? —dijo el traidor del Flaco—. Ordiales se estuvo quejando todo el día en el colegio de que la niña ésa lo obligó a decirle quién te había pegado.

No supe qué decir. Me quedé mudo. A partir de ese momento, las peleas desaparecieron de mi vista. Yo nada más veía tipos flacos, gordos y no tan gordos dándose de moquetes. Ya no me importaba quién ganara o de qué color tuviera el calzón. Faltaban dos peleas para la de Febles y Smith. Y yo no podía quitarme de la cabeza que Rodrigo, el novio de Berthita Peñaloza, tenía un ojo morado y la nariz de papa por mi culpa. Nunca nadie había hecho algo así por mí. Sentía un calorcito muy raro en el estómago, me latía fuerte el corazón, me daban ganas como de cantar o de llorar o de salir corriendo. Era como una Navidad chiquita. O como mil helados juntos. Era como vivir en la isla de Mompracem. O como hundir una flota inglesa entera yo solo. Como querer que el tiempo no avanzara más y se detuviera para siempre. Y a la vez que sí, que avanzara. Que siguieran pasando cosas buenas y felices para nunca nunca olvidarlas.

Me puse de pie de un brinco, como si tuviera un resorte en las pompas.

—Felipe, tengo que irme.

—¿Qué dices, zonzo de capirote? ¿Irte? ¿Ahora que ya va a pelear Febles?

—¡Sí! ¡Es que me acordé de algo!

—¿Te acordaste de que eres un cabeza hueca? ¡No seas loco! ¿A dónde vas?

—Al rato nos vemos en la casa.

Al Flaco, que es un traidor, ni le importó que me fuera. Él ya tenía su sábado completo con haber ido al box y haber presenciado la pelea del campeón en primera fila.

En cambio, yo salí a la calle y corrí tan fuerte como pude hacia mi casa. Cuando llegué, atravesé el patiecito como de rayo y subí las escaleras de dos en dos. Llamé varias veces a la puerta, como hago cuando tengo muchas ganas de ir al baño y creo que no voy a llegar. Mi mamá abrió, preocupada.

—¡Pepino, qué pasa! ¿¡Qué haces aquí!?

—Oye, mamá, ¿en dónde vive tu amiga, la que vino el otro día, eh?

—¿Pero qué tontería es ésta, eh? ¿No deberías estar con tu hermano en el box?

—Sí, mamá. Y si quieres, luego me castigas. Pero ahorita dime en dónde vive tu amiga, por favor.

Me miró como pocas veces, como cuando saco buenas notas o como cuando los padres del colegio le dicen que soy buen muchacho o como cuando la obedezco en todo sin inventar pretextos.

—Así que ahora te importan más las niñas que el box. Vaya, vaya...

—¿Qué dices? ¡No es cierto! —reclamé—. Es otra cosa.

—Claro. Otra cosa.

Entró a la casa, escribió la dirección en un papelito, y me lo dio.

—Si llegas después de que cierren el zaguán, yo misma voy a darte tu propia función de box, escuincle. ¿Entendiste?

—Sí, mamá.

Entonces se inclinó, me dio un beso y me despeinó un poco.

—¡Anda, condenado!

Salí corriendo hacia una de las vecindades de Niño Perdido. La noche era clara y luminosa. La luna parecía un gran ojo que me guiñaba. El aire era tan fresco que olía como a vainilla o a chocolate. Creo que en toda mi vida nunca corrí tanto. Llamé a la puertecita. Adentro se veía bastante luz. Se oyó la voz de un hombre que decía: "¿Quién será a estas horas?". Luego, abrió. Yo creía que los mineros siempre llevaban grandes botas en los pies y un casco en la cabeza, mi valiente Yáñez. Ja. Qué tonto.

Éste es el último pedacito de la libreta, mi valiente Yáñez. Nunca pensé que nadie pudiera escribir tanto con un solo lápiz. Y menos yo. Voy a ver si me compro una nueva libreta y te sigo contando cosas. Mientras, te platico que ayer, el Flaco, Quique Sancochón y yo vimos, desde una de las bancas de la plaza, la cosa más mofletes del mundo mientras nos acabábamos una mandarina: Sigüenza y Góngora ya vuela.

Y no sólo volaba como cualquier otro pájaro, sino que iba de las manos de Martinete hasta el campanario de Regina. Y luego volvía a sus manos. ¡De mofletes!

—Mi papá decía que, en cuanto aprendiera a volar, iba a largarse para siempre —comenté—, y que nadie le vería ni el polvo ni el pico ni las plumas.

—Lo mismo decían don Julián y el padre Raña —añadió Sancochón.

Sigüenza y Góngora volaba, daba vueltas sobre la cabeza de Martinete y regresaba a sus manos. Martinete lo recibía, danzaba un rato con él y lo volvía a mandar al cielo. Luego aprovechaba para bailar con quien fuera pasando por ahí y se preparaba para recibir al ave de nuevo. Todos los niños estábamos encantados.

—A lo mejor nosotros somos los que estamos mal de la cabeza —dije yo, mientras veía a Martinete conversar con su avechucho—. Por no creer que algo como lo que estamos viendo es posible.

—Si tú lo dices, Pepino —contestó el Flaco. Y tomó otro gajo de mandarina.

Mi valiente Pepino García:

¡Vaya que eres valiente! Y también un descarado, si no te molesta que te lo diga.

El tiempo se nos echó encima y tú nunca fuiste para comprarte otra libreta y continuar tu relato. ¡Podían haber pasado más de mil años y tú, como si nada! Tan fácil que era pedirle a tu tío Simón que te obsequiara una, escuincle. O no gastarlo todo en golosinas, juguetes y cinematógrafo...

Valiente, eso es lo que hay que ser. Porque hay que tener mucho valor para mostrar la cara así nada más, sinvergüenza, después de tantos años.

Y es que ya ves que la semana pasada mi nieto Jorge pasó a recogerme a mi casa. Decidimos que era buena idea venirme a vivir con él dado que cada día *yo hablaba más con mi loro que con la gente. Y entre las tantas cosas de la mudanza, apareció esta caja vieja de madera con la siguiente leyenda, escrita con tu propia mano:*

Propiedad de Pepino García.
¡No abrir! ¡Peligro!
Recuerdos: 1915-1920

Te imaginarás que la abrí de inmediato. ¡Venirme con amenazas a mí! Y de la caja, en vez de bombas pestilentes o serpientes venenosas, salieron, claro, cochecitos de hojalata, trenes, soldaditos, un libro muy viejo de El Tigre de la Malasia, *de Emilio Salgari, guantes de box, un montón de daguerrotipos y, por supuesto, tu libreta.*

La leí de principio a fin. Y por eso te escribo esta carta. Para reclamarte, cínico.

Porque así, de pronto, después de tantísimos años, asomas la cara como si nada. A pesar de que un día, cuando recién cumpliste los 14 años, decidiste que ya no querías que te llamaran Pepino, sino Pepe. Y luego, a los 20, José. Para terminar, a los 27 eras el "ingeniero García". Que si el "ingeniero García" por aquí, que si el "ingeniero García" por acá. ¿Y tú, Pepino? ¡A saber en dónde te metiste!

Por eso no estoy muy seguro de querer contarte todo lo que te perdiste en estos años que no pusiste ni un pie en San Miguel. No sé si quiero contarte que te fue bien, caradura. ¿Te acuerdas de todo lo que te prometió la Bruja? Pues casi todo se te cumplió. En efecto, ¡viviste una larga, laaaaarga vida! ¿Te parecen pocos 99 años? Y fuiste feliz. ¡Vaya que sí fuiste feliz! Te hiciste ingeniero y construiste muchos edificios, tanto en México como en el extranjero. Nunca te faltó el dinero. Ni el amor. ¿Cuatro hijos, 12 nietos, 15 bisnietos y dos tataranietos te parecen pocos, descarado?

Lo único en lo que se equivocó la Bruja fue en que Pancho Villa sería presidente. (A lo mejor hasta te mintió a propósito para alegrarte un poco el día.) ¡Ni para qué te cuento que mataron al General a balazos! Como lo lees. Fue muy triste. Lo mismo le hicieron a Zapata y luego, al presidente Carranza. A México le costó mucho trabajo encontrar la paz social y política. Pero, hasta eso, creo que ahorita estamos bien (aunque mejor toco madera).

Tampoco estoy muy seguro de querer contarte que la radio apareció cuando eras un muchacho y todos los chicos de San Miguel se volvieron locos con la novedad. O que luego llegó la televisión y fue el acabose de la locura. O que ahora hay teléfonos celulares, que sirven para comunicarte desde donde sea hasta donde sea, desde una lancha en Acapulco hasta China, si quieres. O que, aunque no lo creas, el deporte nacional es el futbol, que el cine ya tiene sonido, es a colores y ya puedes verlo hasta en tu casa. Que también hay aviones que viajan más rápido que el sonido. Que puedes ver el techo de tu casa desde el espacio en la pantalla de una computadora...

No sé si quiero contarte, pues, que el mundo es otro.

Tampoco sé si quiera contarte que tú y el Flaco fueron amigos hasta el día de su muerte, hace unos 10 años. Que viajabas cada verano a Asturias para pasar las vacaciones con el Jijo y sus hermanas. Ni que Enrique Contreras, aquel que antes se llamaba Quique Sancochón, se hizo actor y salió en todas las comedias malas de la tele. O que Carlos Pavón fue el mejor boxeador que jamás saliera del barrio de San Miguel, el mismo que persuadió a Felipe de estudiar medicina. O que nunca de los jamases agarraron a Higinio Granda...

No sé tampoco si te merezcas saber que entablaste una intensa relación epistolar (que quiere decir "por carta", me lo sopló el diccionario) con una niñita guanajuatense que después se volvió una muchacha muy guapa y luego una mujer muy hermosa y... bueno, lo demás te lo tendrás que imaginar.

Si acaso me decido a contarte todas estas cosas es porque hace ratito mi nieto Jorge me mandó al parque a jugar con su hijo Paco. Me dijo "Abue, no sea malito, lleve a Paco al parque a jugar, ande", después de que él y su esposa se estuvieron haciendo ojitos durante un ratote; yo los vi. Si acaso me decido a contarte todo, canalla, es porque se me antojó tomar todas tus fotos daguerre y colgarlas junto a las otras a colores de mi esposa, mis hijos y mis amigos, que penden de la pared de mi cuarto nuevo.

Porque me di cuenta, así, de la nada, de que las fotos, las cartas, los diarios, los libros y los juguetes, los recuerdos, pues, sirven efectivamente para no olvidarnos de nosotros mismos, como decía el padre Raña. Sirven para no perdernos. Para siempre saber quiénes somos y cuáles son las cosas que en verdad importan.

Y aunque eres un ingrato que no se merece nada, tal vez te diga que ya voy a cumplir 100 años. Y tal vez te diga también que se me ha ocurrido que sería de mofletes que, después de 90 años de ausencia, al fin regresaras. Que tú, con todo el barrio de San Miguel y el año 16 del siglo pasado, salieran de esa libreta. Y así, que México fuera el mismo de entonces. Que el mundo entero volviera a llamarme Pepino de nuevo. Y que, a pesar de mis canas, mi bastón y mi sordera, pudiera volver a jugar al rentoy y a los piratas. Y a irme de mosca en los tranvías...

Porque, como ves, nos han mandado a mí y a Paquito a ver pasar los patos a esta banca del parque. Nos han echado de la casa a mí y a mi bisnieto, que ahora juega con un escarabajo. Y he pensado que, si no se mete el bicho a la boca, mi valiente Pepino García, todo estará bien.

Y entonces... tal vez, ¿por qué no?, me compre, ahora sí, otra libreta.

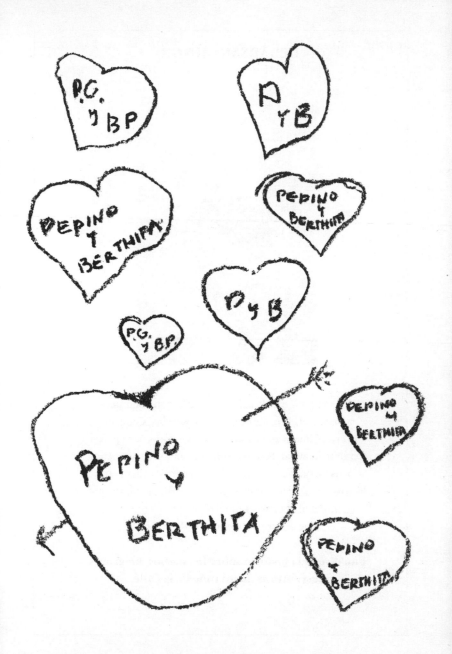

DEL MISMO AUTOR:

Gus es un niño de la calle que sueña con volar para alcanzar el cielo, las nubes y las estrellas. Cada día ahorra el dinero que gana en los semáforos para poder comprar su avión. Pero cuando una amiga se accidenta, Gus no duda en dar sus ahorros para ayudar con la operación. ¿Podrá hacer su sueño realidad ahora que ya no cuenta con los 4 mil 765 pesos y 30 centavos que ahorró para comprar su avión?

Una divertida historia sobre los sueños, alegrías y desventuras de un niño de la calle.

Tito cree que está a punto de morir, por lo que pide al director de su colegio que organice un torneo de futbol escolar. Ahora, el reto es tener un equipo y llegar a la final a como dé lugar. Para lograrlo, Tito escribe cartas a su jugador favorito, el *Tigre* Quezada, a quien le pide hasta los uniformes y, por supuesto, la entrega de la copa al equipo ganador.

Con insuperable humor, esta novela aborda la amistad, las diferentes habilidades y el trabajo en equipo en torno a la pasión del futbol.

Impreso en los talleres de
Litográfica Ingramex S.A. de C.V.,
Centeno 162-1, Col. Granjas Esmeralda,
Del. Iztapalapa, C.P. 09810, México, Distrito Federal.
Julio de 2010.